Diethelm Schüssler

Verspielt

Roman

Hinweis:

Dieses Buch sollte von meinen wunderbaren Töchtern nicht vor ihrer Volljährigkeit gelesen werden.

Zum Autor

Diethelm Schüssler wurde 1963 in Krefeld geboren. Nach einer kaufmännischen Ausbildung und dem Wehrdienst absolvierte er ein Studium der Betriebswirtschaftslehre in Köln und arbeitete als Unternehmer fast 20 Jahre, bis er seine Firmen verkaufte.
Heute verbringt er sein Leben in seiner Wahlheimat Cape Town oder in Köln. Er ist verheiratet und hat 2 Töchter.

Vorwort

Meine ewige Liebe zum Meer, zu tropischen Inseln und dem Wassersport wurden sichtbar in diesem Buch verarbeitet.

Zudem zieht sich mein Wunsch verschiedene Leben zu leben und dazu meinen Weg immer wieder umzugestalten durch den Roman.

Vermutlich gelingt es kaum einem Autor, seinem ersten Buch keinerlei autobiographische Züge zu verleihen. Zumindest gelingt es mir nicht.

Trotzdem möchte ich deutlich machen, dass dieser Roman und seine Darsteller mit allen ihren Eigenarten ein Produkt meiner Phantasie sind!

Ähnlichkeiten mit lebenden Personen sind rein zufällig und nicht gewünscht!

Von der Entwicklung der Idee bis zur Beendigung dieses Werkes zog sich meine Arbeit über 13 Jahre, da meine Lebensumstände mir nicht immer genug Raum oder Muße ließen.

Konfuzius

Wir haben alle zwei Leben.
Das Zweite beginnt, wenn wir bemerken, dass wir nur ein Leben haben.

Kapitel 1 Erwachen

Unter mir klatscht die Dünung schwer gegen die zerklüfteten Lavafelsen. Die Gischt schießt weiß, Fontänen gleich in die Höhe. Ich fliege weiter entlang der schroffen Steilküste. Das dunkle Blau des tiefen Meeres, das nur durch weiße Wellenkämme unterbrochen wird, geht nun hinter der Riffkante in das azurblau der flachen Sandküste über. Der frische Wind im Rücken treibt mich weiter. Die hoch am Himmel stehende Sonne durchdringt das Wasser so tief, dass mir kaum etwas auf dem von Korallen unterbrochenen Meeresgrund verborgen bleibt.
Ich gleite weiter über mein Element, in meinem Element....

Piep.piep.piep.piep.piep
Das elektronische Geräusch stört meinen Flug und holt mich in eine andere Realität.
Es ähnelt dem medizinischer Apparaturen. Und nun meldet sich plötzlich ein stechender Kopfschmerz.
Was ist mit mir geschehen?
Der Schmerz raubt mir jede Konzentration.
Ich drifte wieder weg... Nicht wieder einschlafen...
Piep.piep.piep.piep
Langsam öffne ich meine schweren Augenlieder, mein Blick ist zunächst getrübt, ich sehe weiße Wände und weiße Schränke.
Wo bin ich nur?
Es riecht nach Desinfektionsmitteln.
Bin ich im Krankenhaus? Ich bewege meinen Körper Glied für Glied, meine Hände, meine Füße, alles

funktioniert, nur mein Schädel scheint lädiert... Eine fremdländische Frau im weißen Kittel beugt sich über mich und schaut mir besorgt in die Augen. Ihr Blick macht mir Angst, muss ich mich sorgen?
<Was ist mit mir passiert?>, frage ich sie und empfinde meine raue, krächzende Stimme als fremd.
<Sorry, don't you speak englisch?>, entgegnet die Dame freundlich und lächelt mich mit ihrem asiatischen Gesicht an.
<Yes, please tell me, what am I doing here?>, frage ich jetzt auf Englisch.
<You are in the hospital, please wait, I am your nurse, I call the doctor.>, antwortet sie und huscht aus dem Raum.

Wenig später erscheint sie mit einem gebräunten, sportlichen Mann in weißer Kleidung und quietschenden Sohlen. Er schaut erst auf eine Akte, die sie ihm reicht, dann runzelt er die Stirn und schaut zu mir während er sein Kinn mit Daumen und Zeigefinger reibt.
Er begrüßt mich auf Englisch:
<Guten Tag, ich bin ihr behandelnder Arzt Doktor Freeman, wie ist ihr Name bitte?>
Ich versuche mich zu erinnern, stochere aber nur im Nebel und ärgere mich über meine Vergesslichkeit. Zweimal setzte ich zur Antwort an, bleibe aber in einem sinnlosen <Ähh...> stecken.
Verzweifelt wühle ich im letzten Winkel meines Hirns aber bleibe erfolglos.
Also antworte ich verstört: <Ich weiß nicht, bitte erklären sie mir warum ich hier bin.>
<Sie wurden im Wasser treibend am Hookipa Beach von einem Surfer gesehen der sie sofort ans Ufer zog und wiederbelebte. Bewusstlos wurden sie gestern Nachmittag

hier in das Maui Memorial Hospital eingeliefert. Sie haben ein Schädeltrauma mit einer mächtigen Beule am Hinterkopf. Wir haben sie geröntgt, sie haben keinen Schädelbruch, aber scheinbar eine retrograde Amnesie. Mehr kann ich ihnen auch nicht sagen. Sie haben 17 Stunden geschlafen, sind kurz aufgewacht und waren wieder weg, erinnern Sie sich an gar nichts?>
<Nein, an gar nichts.>, antworte ich und lasse meine Augen durch den weißen Raum kreisen, als ob das mir helfen würde.
<Ich weiß weder wer ich bin, dass ich auf Maui bin, noch dass ich Surfen war.>
<Gut, schlafen sie jetzt, sie brauchen Ruhe, morgen früh sehen wir weiter.>, rät mir der Arzt noch im Gehen.

Nichts scheint mir gut. Ich merke noch, dass ich Wasser lassen muss, spüre den warmen Fluss über meine Schenkel laufen und versinke wieder in komatösem Schlaf.

Durch ein ungewohntes Gefühl an meinen Beinen wache ich aus dem Tiefschlaf auf. Zunächst meine ich, es sei Teil meines Traumes, dass jemand mich mit einem nassen Lappen abreibt. Dann öffne ich verschämt die Augen gerade soweit, um die Schwester heimlich bei der Arbeit zu beobachten. Mir geht es weit besser. Ich genieße die erfrischende Feuchtigkeit, die sich von meinen Füßen über die Waden an den Oberschenkeln entlang, zu meiner Körpermitte vorarbeitet. Endlich nimmt sie ihn in die Hand, wischt geschickt erst um meine Hoden, indem sie den Penis an der Eichel festhält. Dann reinigt sie ihn, indem sie mit der anderen Hand die Eier festhält. Schließlich zieht sie geübt mit der einen Hand die Vorhaut zurück. Mit der andern Hand, über die sie den

Waschlappen gezogen hat, umschließt sie mit Daumen und Zeigefinger zunächst die Eichel, um sie dann mit sanftem Druck durch den Lappen gleiten zu lassen.
Trotz des leichten Kopfschmerzes genieße ich, nun etwas peinlich berührt, das einsetzende wohlige pulsieren.
Jetzt erst schlage ich die Augen vollends auf und sehe in das freundlich lächelnde Gesicht der asiatischen Schwester, die weiter nun an meinem Oberkörper arbeitet, wohl wissend, dass mein Bewusstsein wiedergekehrt sein muss. Komapatienten bekommen wahrscheinlich sonst keine Erektion durch ihre Reinigungsprozedur. Ihr Namensschild auf dem Sattelpunkt ihrer üppig gewölbten Brust verrät mir ihren Namen: Li Akamu

Langsam beginnt mein Hirn zu kreisen, ich muss mich erinnern. Leider komme ich nicht weiter als zuvor. Was ich von mir weiß ist, dass ich ein männlicher, schlanker Weißer mittleren Alters bin, der nach einem Unfall leicht verletzt in einem hawaiianischen Krankenhaus liegt und sich gerne mit nassen Waschlappen reinigen lässt. Erst jetzt bemerke ich das bohrende Hungergefühl. Es signalisiert mir, dass mein Organismus wieder arbeitet.

<Guten Morgen Eddie>, begrüßt mich der gut gelaunte freundliche Surfer-Doc, als er den Raum betritt. <Ich nenne sie Eddie, da wir ihren Namen nicht kennen, oder erinnern sie sich heute?>
Er gibt mir ein paar Sekunden Zeit und schaut mir in die Augen, als ob da meine Fortschritte abzulesen wären.
Ich habe gegen Eddie nichts einzuwenden.
Dann spricht er weiter: <Vorgestern waren so hohe Wellen, dass ich am Strand geblieben bin. „Eddie would go", sagen die Locals bei solchen Bedingungen in

Erinnerung an Eddie Aikau, daher Eddie. Also, wie geht es ihnen?>
<Bis auf den Kopfschmerz, den Hunger und meine Amnesie gut.>, erwidere ich frustriert ironisch.
<Wir machen jetzt noch einige Untersuchungen, heute Nachmittag kommt jemand von der Polizei und dann sollten sie in ein paar Tagen nach Hause können, wenn sie sich bis dahin erinnern, wo das ist.>, protokolliert der Arzt noch im Rausgehen lakonisch.
Langsam wird mir seine frischgewaschene Fröhlichkeit unsympathisch.
Noch etwas zittrig stehe ich in meinem Krankenhemd auf und frage die Schwester nach meiner Kleidung. Kichernd gibt mir Schwester Li eine Surfshort mit Orchideenmuster, das einzige, was ich wohl bei meiner Einlieferung trug. Zusätzlich reicht sie mir einen beigen Bademantel. Mit der Kleidung in der Hand gehe ich gespannt ins Bad um mich im Spiegel zu sehen, doch schließe ich erst die Türe hinter mir ohne das Licht anzuknipsen. Ich taste nach dem Lichtschalter und zögere doch noch einen Augenblick aus Angst vor dem Unbekannten.
Schließlich drücke ich den Schalter... und sehe in das skeptisch dreinblickende gebräunte Gesicht eines Mannes um die 40 mit dunkelblondem Dreitagebart, sonnengebleichten Augenbrauen und wasserblauen Augen. Sein Haar ist bis auf wenige Millimeter rasiert. Ich betrachte mich und bin mir so fremd, dass ich erwarte, dass mein Spiegelbild in eine andere Richtung läuft, oder eine unerwartete Bewegung macht.
Seine Gesichtszüge sind markant und wirken vielleicht interessant. Auf jeden Fall sind sie nicht klassisch gutaussehend. Du meinst wohl so den fortgeschrittenen Haarausfall zu kaschieren, denke ich kritisch, als ich den

Haaransatz mustere. Außerdem ist die Nase definitiv zu groß und nicht gerade, stelle ich nörgelnd fest. Beim Versuch ein Lächeln zu simulieren zeigen sich unzählige Lachfalten, möglicherweise die Zeichen eines humorvollen Charakters. Sie geben etwas bubenhaftes zum Ausdruck, dass vielleicht charmant wirken kann. Mein Mund ist geschwungen und eigentlich ansprechend, wenn da nicht ein gewisser spöttischer Ausdruck wäre. Meine Zähne fallen mir auf, die Eckzähne sind spitz und die Schneidezähne kräftig und weiß. Das gibt mir etwas raubtierhaftes. Ich habe das Gefühl, dass meine beiden Gesichtshälften asymmetrisch sind. Jetzt sehe ich auch warum. Die Narben rechts und links auf den Augenbrauen haben die Augen leicht deformiert, das Rechte ist größer als das Linke.
Was hab ich denn nur mit meinem Kopf angestellt, frage ich mich besorgt. Du hast offensichtlich wild gelebt und zwar nicht nur am Schreibtisch. Ein bisschen sehe ich aus wie ein Boxer, nur bin ich dazu zu schmal. Ich versuche grimmig dreinzuschauen, was mir auch sofort gelingt.
Neugierig ziehe ich mir das Krankenhaushemd über den Kopf und stehe nun nackt vor dem Spiegel. Als mein Blick über den kräftigen Hals weiter nach unten wandert, stelle ich fest, dass ich zu dünn bin. Etwas mehr Gewicht könnte auf die Rippen. Ich bin zwar groß und die Bräune gibt mir den Eindruck von Vitalität, aber ich bin zu sehnig und die Rippenbögen stehen zu weit vom Brustkorb ab. Auf meinen Armen und Beinen habe ich blonden Flaum und die heraustretenden Venen zeigen einen guten Trainingszustand an.
Ich stelle fest, dass ich zu viel UV-Bestrahlung in meinem Leben bekam. Mein fast bronzefarbener Teint sieht zwar ganz gut aus, passt nicht zu meinem nordeuropäischen

Hauttyp, ich habe dementsprechend zu viele Leberflecken und Runzeln. Ich werde früh aussehen wie eine Mumie. Um die Augen herum sehe ich jetzt schon so aus.
Ein zweites Mal schaue ich mir in die Augen, die ich zunächst vernachlässigte. Diese Augen passen nicht zum Rest des Gesichtes, zumindest nicht bei genauerer Betrachtung. Zunächst strahlen sie blau auf dunkler Haut und geben meinem Gesicht trotz der Schlupflieder den Hauch von Liebenswürdigkeit. Auf den zweiten Blick sehen sie abgekämpft aus, vielleicht sogar etwas verzweifelt. Das kann auch mit meiner momentanen Lage zusammen hängen, rechtfertige ich mich vor mir selber.
Dann hole ich tief Luft, hebe meine Schultern und stelle mich aufrecht mir gegenüber, als ob ich mir imponieren müsste. Ich versuche es mit einem geringschätzenden Blick, auch der gelingt mir bestens.
Abschließend gehe ich noch mal einen Schritt zurück und resümiere meine erste oberflächliche Inspektion, nackt mit baumelndem Gemächt: Alles in allem bist du nicht begeisternd, aber es hätte mich auch deutlich schlechter treffen können. Du wirkst nicht unbedingt vertrauenserweckend, aber dafür schubst dich auch keiner in der Kneipe. Und langweilig wirkst du auch nicht.

Dann entscheide ich mich zu duschen, ich habe das Gefühl mich zum ersten Mal zu berühren. Ich seife mich gründlich ein und ertaste meinen glitschigen Körper, wobei ich keinen Winkel auslasse. Beim Abtrocknen habe ich mich schon fast mit mir angefreundet.

Das folgende Frühstück im Bett gibt mir wieder Energie und bessert meine Laune. Die Unsicherheit über die Dinge, die mich erwarten, weicht langsam der Neugierde.

Ich fühle mich wie eine frisch geschlüpfte Raupe, die nun ihre Umgebung erkundet. Vor meinem Fenster sehe ich den Krankenhausgarten, dort wuchert üppige tropische Vegetation und ich genieße die Pracht. Ich lasse meinen Blick schweifen entlang der leuchtend roten Bougainvillaehecke, die mich fast blendet, über verschiedenfarbige Blüten von Oleanderbüschen und die fetten grünen Wedel von Bananenstauden, bei denen sich das Auge nach dem vorherigen Farbenrausch etwas ausruhen kann.

Dabei unterbricht mich Schwester Li, um mich zu weiteren Untersuchungen abzuholen. Ich laufe folgsam barfuß hinter ihr her über den glänzenden Linoleumboden des Krankenhauses, von einem Raum zum anderen.
Zum Schluss, im letzten Zimmer, treffe ich den Arzt wieder. Erst testet er noch meine Reflexe, indem er mit einem Hämmerchen auf meine Knie klopft. Danach läßt er sich auf seinen Drehsessel mir gegenüber fallen, schaut mir auf die Stirn, holt tief Luft und setzt zu der lang erwarteten Diagnose an. Ich würde ihn am liebsten schütteln um schneller zu erfahren, was mit mir los ist.
<Außer einer Gehirnerschütterung konnte ich glücklicherweise keine weiteren problematischen Verletzungen feststellen>, stößt er mit dem ersten Atemzug aus, <Ihr Gedächtnis wird wahrscheinlich kurzfristig wieder zurückkehren.>
Dann stirnrunzelnd, fährt er fort: <Es gab aber schon Fälle, in denen Bereiche des Gedächtnisses unwiederbringlich verloren blieben. Dabei kann es sich um Gedächtnislücken handeln, die einen Zeitraum der Vergangenheit einnehmen. Es kann aber auch wie in ihrem Fall die gesamte Vergangenheit betreffen.

Konfrontieren sie sich mit ihrer Vergangenheit, wir nennen das „gestützte Erinnerung". Das ist meist hilfreich um dem Gedächtnis auf die Sprünge zu helfen. Ihr Sprachzentrum ist nicht gestört und die Motorik auch nicht, das ist schon viel wert!>

Das alleine reicht mir allerdings nicht aus, um mich in einen Freudentaumel zu stürzen. Lauter Fragen schießen mir durch den Kopf. Ich schaue wahrscheinlich etwas verstört aus meinem Bademantel, in Erwartung mehr zu erfahren.

Wieder holt er Luft und setzt zu einem erneuten Vortrag an. Während er doziert hält er nun zunächst die Hände gefaltet auf der Brust und schaut mir fortwährend bohrend auf die Stirn. Dann beginnt er mit seinen Händen kreisende Bewegungen, die in etwa die Rundungen eines Kopfes umfassen. Dabei schaut er dann auf den imaginären Kopf.

<Das explizite Gedächtnis speichert bewusst das „Weltwissen" oder Fachwissen sowie die eigenen Erlebnisse. Das implizite Gedächtnis speichert die unbewussten Erinnerungen, zum Beispiel prozessuale Inhalte wie Bewegungsabläufe aber auch die perzeptuellen Fähigkeiten wie das Wiedererkennen von Personen. In ihrem Fall scheint es eine Lücke im expliziten Gedächtnis zu geben.>

Nach einer kurzen Pause, bei der er die Augen zunächst bedeutsam schließt, kommt er zum Ende seines Vortrages.

<Und nun die gute Nachricht, die Funktionsweise ihres Hirns scheint wieder normal zu sein, Ed!>

Mit diesem Schlusssatz schaut er mich nun freudestrahlend an wie ein Motivationstrainer.

Ob ich es merken würde, wenn mein Hirn nicht normal arbeitet? In der Psychiatrie halten sich die Patienten auch

für normal und suchen die Ursache ihrer Probleme in ihrer Umgebung. Aber auch bei kritischer Betrachtung meiner selbst bin ich nicht in der Lage, ein auffälliges Verhalten an mir zu Erkennen. Ich sitze mit übergeschlagenen Beinen einem Fremden in seinem Büro gegenüber und höre aufmerksam zu. Ich meine allen seinen Auslassungen folgen zu können. Nur dadurch, dass der Fremde ein Arzt ist, über mein defektes Hirn referiert und ich einen Bademantel trage, unterscheidet sich diese Gesprächssituation von einer alltäglichen.
Der Arzt steht auf, reicht mir die Hand und signalisiert mir, dass das Gespräch für ihn beendet ist.
<Viel Glück Eddie, halten sie sich ruhig in den nächsten Tagen und suchen sie einen Spezialisten auf, wenn sich die Gedächtnislücken nicht kurzfristig schließen.>
Schwester Li eskortiert mich gesengten Hauptes in mein Krankenzimmer zurück. In meinem Kopf hallen Worte nach wie „unwiederbringlich" und „wiedererkennen".

Ein uniformierter Polizist sitzt schon in meinem Zimmer und wartet auf mich. Der dunkelbraune Hawaiianer ähnelt mit seinen geschätzten 3 Zentnern Gewicht einem Sumoringer. Die Fleischmaßen lassen den Lehnstuhl winzig und ungeeignet erscheinen. Stöhnend wuchtet er sich in die Höhe, wobei er zunächst im Stuhl stecken bleibt und sich erst von den Klammern der Lehnen befreien muss. Er streckt mir die Hand entgegen und stößt völlig geschafft seine Begrüßung aus:
<Hi Eddie, ich bin Joe Kamahamaho. Wie geht es ihnen?>
Seine Hand fühlt sich an wie ein riesiges Puddingteilchen. Ohne eine Antwort abzuwarten spricht er weiter:

<Ihr Arzt rief mich an und erzählte mir von ihrer Amnesie. Ich habe heute Morgen am Strand recherchiert. Sie sind wohl schon häufiger am Hookipa Beach gesehen worden. Dort steht auch ein alter roter Pick-up seit vorgestern. Die Einheimischen sagten, der Deutsche hat es eigentlich verdient Wasser zu schlucken, wenn er an solchen Tagen stört. Nett, dass sie dich trotzdem gerettet haben!>, beendet er glucksend seinen Sermon, nur selbst amüsiert über seinen Humor.

Ich frage mich ob er ernsthaft meint, dass Revierplänkeleien unter Surfern ausreichend seien, um einen Menschen in Not sterben zu lassen. Den Kommentar spare ich mir vorerst und melde dem Ordnungshüter gewissenhaft:

<Es gibt leider nichts zu erzählen als das, was sie nicht schon vom Arzt wissen. Ich wäre froh, wenn Sie mir auf schnellst möglichem Weg zu meiner Identität zurück verhelfen würden. Können Sie mich zu meinem Wagen fahren, falls es denn mein Wagen ist?>

<Sicher, wann immer der Arzt sie gehen lässt.>, entgegnet Officer Joe.

Der Arzt verordnet mir allerdings streng dreinschauend einen einwöchigen Bettaufenthalt. Ich könne ihn nur durch die Unterschrift unter eine schriftliche Belehrung abkürzen. So unterschreibe ich und verspreche später zur Bezahlung wiederzukehren. Ich kann hier nicht einfach weiter herumsitzen und hoffen, dass mit dem Blütenduft von draußen auch meine Erinnerungen wieder hineingeweht werden.

Schwester Li leiht mir freundlicherweise noch ein weißes T-Shirt eines Kollegen unter der Bedingung, es ihr persönlich zurückzugeben. Dem stimme ich gerne zu, nicht ganz ohne Hintergedanken. Ich habe das Gefühl, dass unser Verhältnis über das zwischen Schwester und Patienten hinausgeht. Vielleicht ist es auch nur ein Wunschgedanke und ich überschätze etwas die Intimität unseres Kontaktes, denke ich mit einer gewissen Selbstironie. Zum Abschied halte ich einen Moment zu lange ihre Hand und sie lächelt mich an. Ich versuche es mit dem Lachen zu erwidern, dass mir vorhin im Spiegel vorteilhaft erschien. Es scheint mir fast dass es wirken würde, denn Li senkt schnell verlegen ihren Blick und ihrer Wangen erröten.

Wenig später machen Joe und ich uns auf dem Weg. Als ich nach draußen trete blendet mich das grelle Mittagslicht und mir wird etwas schwindelig. Ich versuche mir nichts anmerken zu lassen. Auf dem Weg zum Auto säumen riesige Hibiskus Büsche den Weg. Die pinke und gelbe Farbenpracht ist überwältigend und ein lauwarmer Wind weht mir angenehm entgegen.
Das ist mein erster Eindruck von Maui.
Dann rollen wir schon in der schwarzen Polizeilimousine durch eine anonyme amerikanische Stadt über einen breiten Boulevard, nichtssagend wie wahrscheinlich die meisten amerikanischen Städte. Wie in einem Hollywoodfilm geben allerdings der blaue Himmel und die wiegenden, die Straße säumenden Palmen der Stadt ein freundliches Gesicht. Meine Gemütsverfassung hellt sich zusehends auf.
Ich frage Jo um etwas Konversation zu machen: <Sagen sie, wer war denn dieser Eddie Aikau, dessen Namen ich vermacht bekam?>
Er antwortet fast schon empört: <Sie kennen Eddie nicht? Dann können sie kein Surfer sein oder noch nicht lange auf dieser Insel. Ach, ich vergaß ihre Amnesie. Eddie ist eine

Legende hier auf den Inseln. Er war der erste Lifeguard in Waimea und rettete mehr als 500 Menschenleben. Dann war er der beste Bigwavesurfer seiner Zeit und gab sein Leben für seine Bootscrew, als ihr Boot kenterte und er mit seinem Surfboard Hilfe holen wollte. Er ist auf dem Meer mit 31 Jahren verschollen. Daher kennt hier jeder das Sprichwort „Eddie would go".>, beendet er jetzt lachend seinen Vortrag.

Wir fahren durch endlose Zuckerrohrfelder, die hier soweit das Auge reicht den Fuß des Vulkanes bedecken. Die Insel ist ein riesiger Vulkankegel, dessen Hänge hier zum Strand hin abflachen. Als wir schließlich durch eine kleine Westernstadt namens Paia fahren, beschleicht mich ein unbestimmtes Gefühl, schon einmal hier gewesen zu sein. Konkret kann ich mich aber an nichts erinnern. Es ist, als ob ich immer wieder an eine verschlossene Türe gelange, die ich nicht in der Lage bin zu öffnen. Ich fange an zu schwitzen und versuche nicht an die Konsequenzen zu denken, die eine andauernde Amnesie mit sich bringen würde. So beobachte ich weiter die mir fremde aber wunderbare Landschaft, die an mir vorbeizieht.

 Wir folgen weiter der Straße parallel zum Meer und ich sehe eine kleine Kirche von Palmen umgeben auf einer Wiese am Strand stehen. Welch ein idyllisches Beieinander von geistlichem und weltlichem, denke ich versonnen. Dann halten wir an einer Parkbucht, der Highway bietet von seiner Anhöhe einen Blick auf das türkise Meer. Die Zeit scheint stillzustehen, der Horizont legt sich in Falten und das Wasser eilt dem Ufer zu. Wie mit dem Lineal gezogen laufen hohe, endlos lange Wellen auf die Bucht zu, bilden auf dem dunklen Riff glasklare, konkave Wasserwände und brechen sich donnernd kurze Zeit später gleichmäßig von rechts nach links, wobei nur noch

ausrollende Gischtfinger den Strand erreichen. Ich kann meinen Blick nicht vom Meer abwenden, es zieht mich in seinen Bann, mein Herz schlägt schneller, ich schmecke das Salz auf meinen Lippen und möchte mich am liebsten unmittelbar in die Brandung stürzen.
Dieses Element muss eine dominante Rolle in meinem Leben gespielt haben.

Nach dem Schild „Hookipa Beach Park" fahren wir hinunter zum Strand und parken neben einem roten, völlig verrosteten Pick-up. Beim Aussteigen reißt mir der Wind fast die Türe aus der Hand. Wie ein warmer Föhn schüttelt der Passat die dickblättrigen, gedrungenen Bäume am Ufer, die den Surfern Schatten spenden. Das Bild dieser Bucht ist mir vertraut. Überall fläzen sich athletische braungebrannte Menschen in Surfshorts und Sonnenbrillen im gleißenden Licht. Sie sitzen im Sand oder auf der Ladefläche ihrer Trucks, blicken im Gespräch immer wieder suchend auf das Wasser und verfolgen die Wellenreiter, die in unmittelbarer Strandnähe auf hohen Wellenwänden hinabschießen.
Die Atmosphäre hier ist mir sympathisch. Objektiv betrachtet ist sie surreal. Ein Haufen halbnackter erwachsener Menschen spielt im Wasser, andere beobachten sie dabei mit einem Interesse, dass sie den Rest der Welt vergessen lässt. Es wirkt, als wollten diese Menschen nicht erwachsen werden, als hätten sie es sich in ihrer Jugend gemütlich gemacht.
Intuitiv fühle ich mich hier zu Hause.
Der Officer verfällt kurz ins private und begrüßt einige der Surfer im vorbeigehen lachend mit dem Surfergruß, bei dem er den Daumen und den kleinen Finger abspreizt. Besonders die kräftigeren Männer dunklerer Hautfarbe

und hawaiianischen Ursprungs scheinen ihn zu kennen und grüßen ihm freundlich zurück. Mich ignorieren sie. Mir fällt auch auf, dass die anderen Surfer weißer Hautfarbe meist unter sich bleiben.
Mit zusammengekniffenen Augen verfolgt der Officer einen Surfer, der gerade eine mächtige Welle angepaddelt hat und schon fast in freiem Fall den Hang herabsaust. Unten am Fuße setzt er zur Kurve an, schießt wieder zur brechenden Wellenlippe hoch, katapultiert sich in die Luft und verliert dabei den Halt zu seinem Brett. Nach dem Eintauchen ins Wasser wird er zunächst den Wellenhang nach oben gesaugt und von der brechenden Welle nach vorne geworfen. Dann erfasst ihn die weiße rollende Schaummasse und schleudert ihn lange, bis er in Ufernähe wieder auftaucht.
Die Zuschauerriege kommentiert den Wellenritt zunächst durch ein begeistertes ohhhh, den folgenden Waschgang durch ein mitleidiges mmhh. Dass er unverletzt aus dem Wasser steigt, wird respektvoll durch Händeklatschen und gelegentliches Johlen honoriert.

Ich spüre Erinnerungsfetzen in mir aufsteigen und sehe meine letzten Sekunden vor dem Unfall aufblitzen. Allerdings registriere ich, dass ich ein Segel in der Hand halte und auf einer Welle epischen Ausmaßes das gleiche Manöver versuche. Plötzlich taucht ein Wellenreiter vor mir auf. Um ihn nicht zu rammen, weiche ich aus und stürze. Ich werde von der Welle begraben, alles dreht sich und reißt gewaltig an mir. Ich weiß nicht mehr wo oben und unten ist. Wahrscheinlich bin ich dann mit dem Riff in Berührung gekommen, denn hier reißt der Erinnerungsfaden ab.

Noch etwas abwesend schüttele ich dem aus dem Wasser gestiegenen Surfer die nasse Hand, als er auf uns zukommt und sich als Laird vorstellt. Er entspricht jedem Klischee eines Surfers, ist blond, braungebrannt und hat einen muskulösen Stiernacken.
Ich nenne mich Ed, da mir nichts Besseres einfällt.
<Dafür, dass du versuchtest mich mit deiner Finne zu zerteilen, hätte ich dich ertrinken lassen sollen.>, raunzt er mich mit einem nassen Grinsen an,
<Ich weiß nicht, warum ich dich dort rauszog. Wellenreiter fahren rechts in der Bucht, euch Windsurfern gehört der linke Teil. Dass du allerdings draußen warst, verdient Respekt. Vorgestern war einer der höchsten Tage des Jahres.>
<Was soll ich sagen, ich verdanke dir wohl mein Leben. Kann ich mich revanchieren?>, versuche ich der Situation entsprechend bescheiden zu reagieren.
<Hoffentlich niemals!> erwidert er, schon wieder konzentriert auf das Meer blickend.
<Ich finde einen Weg, wo wohnst du?> frage ich den schon Davoneilenden.
<In Paia, direkt hinter der Paipala Church.>, ruft er noch auf dem Weg zum Wasser.

Der Officer watschelt zu dem roten Pick-up, stützt sich mit der einen Hand am Spiegel ab und hält sich mit der anderen am Dach fest um durch die verschmutzten Scheiben zu blicken. Ich folge ihm und spähe auch ins Wageninnere. Dabei beschleicht mich ein unangenehmes Gefühl. Es ist, als ob ich im Leben eines Fremden herumwühle in dem ich nichts verloren habe.
Der rostige Ford ist bestimmt 30 Jahre alt. Aus der einteiligen, durchgesessenen Sitzbank quillt teilweise das

Futter und es gibt keine Nackenstützen. Solche Oldtimer werden hier bestimmt nicht mehr vermietet. Ich werde ihn wahrscheinlich gekauft haben, da ich bestimmt geplant habe für längere Zeit zu bleiben. Auf der Ladefläche liegen offen Windsurfutensilien. Die Surfer scheinen ein ehrliches Volk zu sein. Offensichtlich haben sie meine Ausrüstung nach meinem Unfall dorthin gepackt und nachts hat sie keiner stehlen wollen.

Ich spüre, dass der Wagen irgendwie zu mir gehört, ohne dass ich das Fahrzeug als mein Eigentum wiedererkenne. An dich werde ich mich gewöhnen müssen, sage ich mir und tätschle seinen warmen Kotflügel.

Dann überlege ich, wo Surfer ihre Schlüssel lassen, wenn sie sie nicht beim Wellenreiten im Meer versenken wollen. Ich suche zunächst unter der Stoßstange, taste unter den verdreckten Kotflügeln und finde schließlich etwas Silbernes Metallisches. Es ist ein Schlüsselbund, nachdenklich betrachte ich ihn, das Bindeglied von meiner Vergangenheit zu meiner Zukunft. Hatte ich ihn je in der Hand? Er ist mir völlig unbekannt, stelle ich erschüttert fest, obwohl ich ihn wahrscheinlich täglich mehrfach nutzte.

Wie wird es nun weitergehen, frage ich mich. Ich werde mich sukzessiv wie ein Detektiv durch die Vergangenheit eines mir völlig fremden Menschen wühlen. Und was, wenn mir das nicht gefällt, was ich dort finden werde? So oder so habe ich keine andere Wahl als mich früher oder später mit meiner Vergangenheit zu beschäftigen. Vielleicht ist das alles eine Fügung und jemand hat sich das ausgedacht, um mir eine neue Chance zu geben und andere Türen zu öffnen, geht es mir durch den Kopf.

Auf dem abgegriffenen Schlüsselanhänger in Form eines kleinen Holzsurfbords steht „Paia Vacation Rentals" gedruckt. Meine Phantasie bastelt spannende Existenzen zusammen, die sich um einen Surfer in Hawaii mit einem roten Schrottauto ranken während ich weiter meinen Schlüsselanhänger anstarre.
Joes' Schatten fällt von hinten auf mich, als er sich nähert und mir über meine Schulter schaut. Er bemerkt schon im Feierabendmodus, froh dass sein Arbeitstag sich dem Ende zuneigt: <Ok, jetzt fährst du nach Paia, fragst bei deinem Vermieter auf dem Main Road welches Apartment du gemietet hast und dann wird alles gut.>
Er gibt mir noch lachend einen ermutigenden Schulterklopfer, der mich fast in die Knie zwingt: <Außer zu Hause erwartet dich ein dir fremder Drachen, der dich für dein Fernbleiben bestraft. Hiermit ist mein Job erledigt, melde dich, wenn du mich brauchst.>
An eine Frau, die mich erwartet, hatte ich bisher gar nicht gedacht, stelle ich verdutzt fest. Der Gedanke erscheint mir so völlig abwegig, dass ich ihn sofort verdränge.
Dann wälzt Joe sich glucksend in sein Fahrzeug und lässt mich allein auf dem Parkplatz zurück.

Ich wende mich wieder meinem Auto zu. Im Handschuhfach finde ich noch ein paar Dollars aber sonst nichts, was mir bei meiner Identitätssuche weiterhelfen könnte. So setze ich mich auf meine Ladefläche in den Sonnenschein und blicke verloren den Strand entlang, als Laird neben mir sein Surfboard in seinen Combi schiebt und hinüberblickt.
<Was schaust du so betrübt?>, fragt er freundlich, <Du musst doch heute deine zweite Chance feiern! Im übrigen

habe ich deine Surfsachen nach deinem Unfall auf die Ladefläche gelegt, ich hoffe es ist noch alles vorhanden.>
<Danke dir auch dafür. Du hast mir jetzt schon zweimal geholfen, gib mir bitte irgendwie die Gelegenheit, mich erkenntlich zu zeigen.>, entgegne ich schlaff.
<Kein Problem, komm morgen Abend zu mir, ein paar Freunde feiern bei mir. Bring was zu trinken mit. Aloha*!>, antwortet er knapp und fährt davon.
Ganz allein bin ich doch nicht auf der Welt, versuche ich mich aufzumuntern. Ich steige ins Auto und blicke noch einmal über mein Lenkrad auf das Meer und zaghafter Optimismus regt sich in mir. Was brauche ich mehr als das, was ich habe, um glücklich zu werden? Ich habe eine zweite Chance erhalten, und die muss ich nutzen, eine Dritte wird es sicher nicht geben.

Kapitel 2 Zurück ins Leben

Etwas unsicher starte ich den Motor, zunächst orgelt er laut und beginnt dann zu tuckern wie ein alter Trecker. Die Schaltung ist widerspenstig, aber auch das Autofahren mit einem Oldtimer habe ich nicht verlernt. Ich schlage den Weg ein, den ich mit dem Officer entlang der Küste gefahren bin, um zu meiner Unterkunft in Paia zu gelangen. Der Pick-up brummt ruhig vor sich hin. Funktionsfähig scheint er, nur lenkt er sich etwas schwer und die uralten Sitze sind unbequem. Alle Autos rollen hier wie in Zeitlupe vor sich hin, da sind die kleinen Sicherheitsmängel wohl kein Problem.
Ein paar Kilometer weiter sehe ich die ersten Häuser des Dorfes idyllisch zwischen Palmen stehen. Paia besteht im wesentlichen aus einer losen Ansiedlung von einstöckigen Holzhäusern die nahe der Küstenstraße liegen. Die fortschreitende Zeit hat das Dorf vergessen, alles wirkt gemütlich und entspannt. Es gibt nur ein paar kleine Geschäfte entlang der Hauptstraße, ein Esoterikshop, ein Coffeeshop, ein Restaurant und ein kleines Lebensmittelgeschäft namens Mana Foods.
Plötzlich überfällt mich bohrender Hunger. Die Neuentdeckung der Welt ist so spannend, dass ich meinen Organismus völlig vergessen hatte.
Ich parke den Wagen und betrete das Geschäft. Drinnen ist der Laden doch größer als erwartet. Es erstaunt mich vor allem die Müsliauswahl. Mindestens 20 Glasbehältnisse mit den erstaunlichsten, krümeligen Inhalten laden den Käufer ein, sich selbst mit kleinen Schippchen sein Frühstück aus verschieden Ökohaferflocken und

getrockneten Früchten zusammenzustellen. Erstaunlich wie viele Müslifreunde offensichtlich die Insel bevölkern, so alternativ sehen sie gar nicht aus, denke ich mir. In der Frischwarenabteilung überlege ich, was mich hier lockt und laufe schnüffelnd durch den Gang. Meine Aufmerksamkeit erregt die Fischtheke. Vieles ist mir bekannt, anderes meine ich nie gesehen zu haben. Die kugelrunde hawaiianische Hüterin der Kostbarkeiten zeigt brabbelnd auf erdbeerrote Würfel, die in brauner Soße mit Zwiebeln und Kräutern garniert mich interessieren, aber auch skeptisch machen. Roher Thunfisch?? Mit Zwiebeln??
Die Verkäuferin plappert weiter: <Gute Ahi poke, sehr, sehr gute Ahi poke!> und reicht mir auch schon ein Stück auf einem Hölzchen entgegen, treffsicher den arglosesten Touristen erkennend. Das sich mir nun bietende Geschmackserlebnis lässt sich schwer in Worte fassen. Vielleicht habe ich diesen Genuss vorher nicht erfahren oder die betreffenden Erinnerungsinhalte wurden gelöscht. Aber dass diese Mischung aus frischem rohen Fisch, weich auf der Zunge zergehend und salzig mit einem Beigeschmack aus Kräutern, Sojasauce und Zwiebeln, eine solche Wonne erzeugen kann, hätte ich nicht gedacht. Ich bestelle direkt eine große Box davon und freue mich wie ein Kind. Zusätzlich kaufe ich Weißwein und Bier. Dann setze ich mich vor das Geschäft auf einer Bank in die schon tief stehende Abendsonne. Dort führe ich mir mein unkonventionelles Mahl zu Gemüte und bin beseelt von dem Geschmackserlebnis.
Es macht mich glücklich, so experimentell das Leben zu erforschen.
Vielleicht besteht das Leben nicht aus einer Aneinanderreihung von Zufällen, sondern einer zieht dort oben an seinen Marionettenschnüren und hat sich

entschieden: Einem soll es anders ergehen, der dort unten mit der großen Nase fängt noch mal von vorne an, noch in seinem alten Leben. Jetzt erscheint mir das Leben unendlich kostbar zu sein.

Schließlich rappele ich mich auf und frage eine alte Dame nach dem Weg zu meiner Pension. Dann setze ich mich in den Wagen und fahre los.

Mein fast schon euphorischer Fatalismus weicht wieder langsam einem flauen Gefühl, je näher ich mich dem Schild Paia Vacation Rental nähere.

Am Ende des Dorfes auf einer Anhöhe stehen ein Dutzend einfache bunte Holzhütten zwischen Palmen die offensichtlich vermietet werden. Vor dem Haus mit dem Schild „Reception" parke ich den Wagen und gehe hinein.

Hinter dem Schreibtisch vor einem Bildschirm sitzt eine blonde Frau um die 40. Sie sieht sympathisch aus, etwas kräftig vielleicht, aber man könnte sie auch kurvig nennen. Sie scheint zu ihrer Fülle zu stehen, denn ihr recht enges, weißes Stretchtop betont ihre großen Brüste und auch ihre Taille, die nicht so schlank ist. Als ich eintrete zieht sie ihre Augenbrauen hoch und schaut mich freundlich an.

<Hi Niels!>, sagt sie und schaut recht überrascht.

Dann steht sie auf, kommt auf mich zu und bleibt unmittelbar vor mir stehen.

<Wie geht es dir, wo bist du denn gewesen?>, fragt sie mich und schaut mich dabei von unten an. Ich muss feststellen, dass ihre Stimme sehr angenehm klingt und einen etwas erotischen Unterton hat. Oder täusche ich mich? Ich habe nicht das Gefühl, sie schon einmal gesehen zu haben und bin verblüfft über das vertraute Strahlen in ihren Augen. Ich denke mir, wenn sie mich kennt und Niels nennt, heiße ich wohl Niels. Wie bewege ich sie, mir

meine Unterkunft zu zeigen, ohne dass ich ihr meine Situation erklären muss?
<Ich habe ein Problem in meinem Haus, könntest du mir kurz helfen?>, improvisiere ich etwas verlegen ohne auf ihre Frage einzugehen.
<Sicher!> antwortet sie sofort erfreut und macht sich auf den Weg.
Ich folge den einladend wiegenden Hüften hin zu einem allein stehenden, gelben Haus auf einem Hügel, von dem man hinunter in Richtung des Meeres blickt. Sie wartet vor der letzten Hütte, mein Schlüssel passt zum Schloss und wir gehen hinein. Dann stehen wir vor dem Herd, ich stammele noch ein paar dumme Äußerungen über die Funktionsweise und den Vorführeffekt.

In der Tür stehend fragt sie mich zweideutig lächelnd, wozu ich sie denn wohl in meine Hütte gelockt habe. Die sich plötzlich auftuende Verlockung, mit der ich nicht gerechnet habe, überfordert mich etwas. Wahrscheinlich grinse ich sie an wie ein Primat, als ich die verschiedenen möglichen Szenarios im Gedanken durchspiele, die nun passieren könnten.
Einerseits fühle ich mich gehemmt einfach zuzugreifen aus Angst vor Zurückweisung und der Peinlichkeit einer solchen Situation. Niels halt dich zurück, bremse ich meine Lust und Neugierde auf ihre Kurven, die mir entgegen prangen.
Andererseits macht sie immer noch keine Anstalten den Raum zu verlassen, das gibt mir etwas Mut zurück.
Es scheint eine Art Atavismus bei Männern zu sein, einem eindeutigen Angebot dieser Art nachgehen zu müssen und eine Frau nicht durch Ablehnung zu brüskieren. Ein Jagdhund kann nicht ruhig weiterlaufen, wenn der

Fluchtinstinkt einen Hasen aufspringen lässt. Sein Jagdtrieb zwingt ihn nachzusetzen. Auch wenn er keinen Hunger hat, der Hase nicht der allerzarteste ist, oder beides.

Mein Pulsschlag beschleunigt sich, jetzt genieße ich die in mir aufkommende Erregung. Die Angst vor dem Ungewissen gepaart mit der Aussicht auf große Sinnenlust erzeugt in mir ein angenehmes Kribbeln.

Endlich siegen die Verlockungen des Abenteuers über die Ängste und ich gehe auf sie zu. Unmittelbar vor ihr stehend schaue ich ihr in die Augen und lege die Hand auf ihre Hüfte. Ich habe ihre Signale wohl richtig interpretiert, denn schon schmiegt sie sich an mich und schiebt mich zurück ins Zimmer. Sie drückt ihre Lippen auf meine und schiebt ihre Zunge offensiv in meinen Mund. Ich habe nichts zu tun als ihrem Tatendrang zu folgen.

Es drängt sich mir der Verdacht auf, dass dieses nicht unser erstes Mal ist.

Während ich rückwärts tapse, zieht sie auch schon an meinem T-Shirt. Ich falle auf das Bett, sie setzt sich rittlings auf mich und reißt sich auch schon ihr Top über den Kopf, wobei mir schwere weiße Brüste entgegenplumpsen. Neugierig knete ich an den wunderbaren, warmen, weichen Melonen und genieße die wiederentdeckte Freude. Klassisch schön sind sie wahrlich nicht, aber trotzdem ziehen sie mich an wie Magneten. Sie ist sich ihrer Wirkung bewusst, beugt sich vor und lässt sie mir ins Gesicht baumeln. Das Spiel aus dieser Perspektive macht mir erstaunlich viel Spaß, ich kann es kaum lassen sie zu lutschen und zu saugen und vergesse angesichts dieser Wonnen die Welt um mich herum.

Irgendwann fühle ich mich egoistisch, sie so auf ihre Brüste zu reduzieren, aber auch etwas infantil.

Das scheint sie zu spüren und macht meine Hose auf, nimmt meinen Schwanz in den Mund und bearbeitet ihn ausgiebig. Wie ich es genieße, dieses pulsieren in meinem Glied zu spüren, das sie fest am Schaft mit ihrer Hand umschließt während die Eichel von ihrer Zunge umspielt wird. Sie hat es scheinbar eilig, denn schnell entledigt sie sich ihrer restlichen Kleidung, setzt sich auf mich und beginnt sich rhythmisch zu bewegen, wobei ihre Brüste kreuz und quer um sie herum hüpfen. Ich beobachte uns eigentümlich distanziert von außen, wie der Zuschauer einer Peepshow die kopulierenden Darsteller auf der Bühne. Sie stöhnt, wirft ihren Kopf nach hinten, sie kommt, ich kurz danach.

Mit einem entspannten Lächeln im Gesicht zieht sie sich danach wortlos an. Dabei beobachte ich sie, unverhüllt auf dem Rücken liegend. In der Türöffnung bleibt sie noch kurz stehen, lässt ihren Blick genießerisch noch einmal über meinen Körper wandern wie über die Auslage einer Konditorei, wirft mir einen Luftkuss zu und geht.
Das ganze Intermezzo hat nicht mehr als 15 Minuten gedauert.

Ich bleibe auf meinem Bett liegen und genieße die völlige Entspannung nach dem hormonellen Rausch. Durch das Fenster beobachte ich die sich im Sonnenschein wiegenden Palmenwipfel und fühle mich einen Moment raum,- und zeitlos.
Warum nicht, wenn es doch so viel Spaß macht, meldet sich mein Hirn bald schon wieder zurück. Sie schien es doch zu genießen. Und ich auch, sagt Ed in mir. Ich habe ihr nichts versprochen und sie mir auch nicht.

Aber vielleicht bin ich ein Ehebrecher? Ich weiß nicht einmal, ob ich verheiratet bin. Die Realität holt mich ein, es scheint meine Natur zu sein, Klarheit schaffen zu müssen.

Langsam tasten meine Augen das Zimmer ab. Die Hütte hat nur einen Wohnraum mit Küchenzeile und das angrenzende Bad. Es ist im Beach House Style alles hell angestrichen, aufgrund der kleinen Fenster aber recht dunkel. Im offenen Schrank hängen Hemden und ein Jackett. Bücher liegen auf dem Boden, und in einer Ecke steht ein Windsurfbrett und ein kleineres Kiteboard. Außerdem sehe ich eine Packung Zigaretten auf dem Boden.
Zumindest ein kleines Laster habe ich, denke ich mir nachsichtig. Es wäre nun sehr einfach direkt aufzuhören zu rauchen, die letzten Tage habe ich es nicht vermisst, klopft beharrlich meine Vernunft auf meine Schulter. Ich sollte nicht die negativen Angewohnheiten von Niels übernehmen.
Oder mag ich das Laster? Vielleicht bin ich ein Grenzgänger mit einer schwarzen Seele, schmunzele ich in mich hinein? Wie grotesk es mir erscheint, in meinem eigenen Nachlass herumzustochern und nach Auffälligkeiten zu suchen. So wie sich der Leser einer Klatschzeitung im Nachruf informiert.
Schließlich öffne ich die erste Schublade der Kommode, dort finde ich einen Haufen Kondome. Sie machen mir ein schlechtes Gewissen, ich hätte sie vielleicht benutzen sollen. Dann schaue ich in die zweite Schublade, dort liegt eine schwarze Glattlederbrieftasche. Zögerlich nehme ich sie in die Hand und öffne sie wie ein Dieb. Ich finde etliche Kreditkarten, viel Bargeld, den Mitgliedsausweis eines

Fitnessclubs und den Pass von Niels Wagner, der mir ziemlich ähnlich sieht. Na ja, bis auf die Haare, die auf dem Passfoto von ihm noch recht lang und gescheitelt getragen werden. Das Bild lässt mich etwas friedlicher aussehen, denke ich mir und zweifele an meiner Kurzhaarfrisur. Jetzt kenne ich zumindest meinen Namen, ich wiederhole ihn ein paarmal laut und leise, er sagt mir nichts.

Im Pass finde ich auch mein Geburtsdatum, ich rechne zurück, ich bin 39 Jahre alt, dafür habe ich mich passabel gehalten.

Aus den Kleidungsstücken und Kreditkarten schließe ich, dass ich finanziell nicht allzu schlecht gestellt bin. Der Einreisestempel meines Passes verrät mir, dass ich mich seit 3 Wochen in den USA aufhalte. An den anderen Stempeln erkenne ich, dass ich zuvor viel die Welt bereiste. Die Länder wie Indonesien oder Kolumbien sind mir bekannt, aber ich sehe mich selber in keinem wieder, so konzentriert ich mich auch an irgendwelche Details zu erinnern versuche.

Mein Beziehungsstatus lässt sich so nicht mit Sicherheit herausfinden. Da ich keinen Ehering trage, gehe ich erst einmal von meinem Singledasein aus.

Und schließlich entdecke ich ein Smartphone und dann ein Laptop, das in der Ecke auf dem Boden steht und am Ladekabel hängt. Zunächst widme ich mich dem Telefon, dessen Bedienung mir keine Probleme macht. Fotografien gibt es darauf nur wenige, die meisten sind Landschaftsaufnahmen von meiner Reise. Im Adressverzeichnis finde ich zunächst keinen mir bekannten Namen.

Mein Atem stockt bei einer der letzten Eintragungen unter W. Dort steht Wagner, Papa, Im Rosenhain 26, Köln und eine Telefonnummer. Habe ich im Rosenhain meine Kindheit verbracht schießt es mir durch den Kopf? „Rosenhain" weckt in mir verschiedene positive Assoziationen, sagt mir aber selbst nach langem Grübeln nichts Konkretes. Mittlerweile läuft mir der Schweiß über die Stirn. Ich reibe mir die Augen so fest, dass ich Sterne sehe. Als ob das helfen könnte. Dann klappe ich das Laptop auf. Ich benötige kein Passwort. Ich finde ein paar Fotodateien, die ich chronologisch rückwärts blättere. Da sehe ich Niels mit mir völlig fremden, jungen und alten Menschen. Ich starre minutenlang auf ein Bild von Niels, im Arm eine gütig lächelnde alte Dame auf irgendeiner Terrasse die ich nicht kenne. Hat sie ähnliche Gesichtszüge wie ich? Ich bin mir nicht sicher und habe keine emotionale Verbindung zu ihr. Ist sie vielleicht meine Großmutter oder eine alte Tante? Dann sehe ich ein Foto von Niels im dunklen Anzug, der Himmel ist wolkenverhangen und grau. Mit blassem Gesicht weist er so strahlend auf ein imposantes Firmenportal mit dem glänzenden Schild der Wagner GmbH, als ob es sein Strandhaus wäre. Niels konnte sich offensichtlich sehr mit seiner Arbeit in Deutschland identifizieren, zumindest zu dieser Zeit. Das reicht mir, ich verlasse das Programm. Als ich schon das Laptop schließen will, finde ich einen E-mail Account. Den kann ich allerdings nicht öffnen, da er mit einem Password geschützt ist. Aber was sollen mir E-mails helfen, wenn sich trotz der Hilfe von Fotos keine Tür zu meinem Gedächtnis öffnen lässt. Mir ist zum Heulen zumute, ich gebe verzweifelt auf und entscheide mich später weiterzusuchen.

Erst einmal nehme ich eine Dusche, ich schließe meine Augen, lasse das Wasser auf mein Gesicht prasseln und versuche an nichts zu denken, was mir schwerlich gelingt. Danach setze ich mich leidlich erfrischt in meiner Surfshort auf die Veranda. Die Sonne steht schon tief und wird bald untergehen. Der warme Wind umschmeichelt meinen nackten Oberkörper und ich versuche möglichst emotionslos das Erlebte zu rekapitulieren:

Positiv ist, dass ich nicht aus dem Koma in der Gestalt von Jo erwacht bin. Ich befinde mich in einem gesunden Körper und scheine wohlsituiert.

Negativ ist, dass ich trotz aller Bemühungen nichts aus meiner Vergangenheit wiedererkenne. Allerdings kann ich mir ein neues Leben aufbauen, was hindert mich daran. So von seiner Geschichte abgeschnitten muss sich auch ein Alzheimerpatient fühlen, schießt es mir durch den Kopf. Warum bist du wohl allein unterwegs, frage ich mich argwöhnisch, wie man sich vielleicht intuitiv einen 39 jährigen Alleinreisenden fragen würde. Bist du ein Eigenbrötler, mag dich niemand oder bist du vor etwas geflohen? Auch wenn mir meine Identität fehlt, scheint mir die Einsamkeit noch erträglich. Erst möchte ich mehr über mich und mein Gefühlsleben herausfinden. Dann werde ich mir Gedanken machen, ob ich in meine alte Rolle schlüpfen möchte und das gleiche Leben in alten Mustern weiterführen möchte.

Als es mich fröstelt gehe ich hinein, um mir etwas anzuziehen.

Ich habe das Gefühl mich nackt in einem Bekleidungsgeschäft zu befinden, so fremd sind mir meine eigenen Kleidungsstücke. Jedes Teil muss ich neu prüfen. Beim durchwühlen meines Schrankes stelle ich auch fest, dass mir mein Stil nicht gefällt. Niels kleidete sich eher modisch. Für mich spielt Mode keine Rolle, also würde ich mich eher bequem kleiden. Wie kann das sein, mein

Geschmack dürfte sich nicht verändert haben. Wozu hatte er ein Jackett auf Maui? Möchte er sichergehen, auch für einen Empfang gerüstet zu sein? Ich probiere es mit einer ausgewaschenen Jeans, Flip Flops und einem zerknitterten hellblauen T-Shirt. Ich bin fast verwundert, dass mir alles passt.
Das T-Shirt trägt den Aufdruck „Born free".
Das nehme ich zum Zeichen und setze mich mit einem Bier wieder auf die Terrasse. Ich spähe in die Nacht und lasse meinen Gedanken freien Lauf. Wahrscheinlich sind alle Menschen ein bisschen schizophren. Ich sollte alle Facetten meiner Persönlichkeit kennen lernen und dazu stehen, auch wenn sich Abgründe auftuen werden. Vielleicht war Niels etwas zu brav und angepasst, denke ich, als ich mir sein Bild im Anzug wieder vor Augen rufe. Mal sehen, was sonst noch in mir steckt, ob Ed jetzt die Oberhand gewinnt und mich von meinem ewigen räsonieren erlöst?

Die Zikaden sägen, und die Palmen rascheln im Abendwind. Von irgendwo her weht der schwere, süße Geruch tropischer Blüten zu mir herüber. Mein Gott, ist das ein schöner Platz auf dieser Erde. Ich trinke noch zwei Bier und langsam macht sich in meiner Brust ein wohliges Glücksgefühl breit. Jetzt könnte ich die Welt umarmen. So gut wie mir der Alkohol schmeckt, bin ich in meinem vorherigen Leben kein Abstinenzler gewesen, habe ich das Gefühl.
Irgendwann werfe ich mich mit Kleidung auf mein Bett und schlafe wie ein Murmeltier.

Am nächsten Morgen wache ich spät auf und entscheide mich zum Krankenhaus zu fahren, um meine Rechnung

zu begleichen. Außerdem sollte ich Schwester Lis T-Shirt zurückbringen.
Aber ich habe auch noch anderes im Sinn.
Im Halbschlaf heute morgen war ich hart und träumte davon, dass Schwester Li nach dem morgendlichen Reinigungsritual ihren Kittel hochgezogen hätte. Darunter war sie nackt bis auf den Slip. Sie war so feucht, dass der Stoff auf ihrer Scham klebte und durchsichtig wurde. Ich war bewegungsunfähig und lag auf dem Rücken mit offenen Augen. Sie schaute diebisch nach rechts und links und setzte sich dann auf mich. Sie dachte nur an sich, rutschte stöhnend mit ihrer Hüfte vor und zurück und instrumentalisierte mich. Ich wäre fast gekommen, da stieg sie schon wieder glücklich lächelnd ab. Sie zog kommentarlos ihren Kittel herunter und arbeitete vergnügt weiter, als wäre nichts gewesen.
Ich musste mir daraufhin die Hand anlegen.
Es scheint fast, dass ich eine Vorliebe für exotische Frauen besitze, wenn ich die Anziehungskraft meiner Hotelmanagerin mit der von Schwester Li vergleiche. Vielleicht spielt aber auch das Alter der Beiden eine Rolle, Lis jugendlicher Charme spricht mich deutlich mehr an.

Als ich auf ihrer Station über den langen Flur laufe, tritt sie mir schon aus einem der Zimmer entgegen. Sie begrüßt mich überrascht und überschwänglich.
<Hi Ed, wie geht es dir?>
Auch meinen Namen hat sie sich gemerkt.
<Hi Schwester, gut geht es mir, ich weiß mittlerweile unter anderem, dass ich Niels heiße und nicht Ed und außerdem aus Köln in Deutschland stamme.>
Sie lässt sich viel Zeit und fragt nach, was ich noch über mich herausgefunden habe. Sie scheint gar nicht das

Bedürfnis zu haben, mich loszuwerden. Dabei kommt sie mir, dem Patienten, eindeutig zu nah, so nah, dass ihr kurviger Kittel meinen verschränkten Ellenbogen immer wieder streift. Also lade ich sie kühn zum Mittagessen ein und bin verblüfft, dass sie zusagt. Mittags hätte sie eine Stunde frei. Ich bedanke mich noch für das T-Shirt und gebe es ihr zurück. Dann verabschieden wir uns, ich erledige noch meine Zahlungsformalitäten und setze mich in das Bistro des Krankenhauses. Dort warte ich auf sie. Kurze Zeit später erscheint sie und wir machen freundlich Konversation. Besser gesagt, sie erzählt von sich. Gelegentlich frage ich nach, wenn ich das Gefühl habe, dass wir auf ein Thema gestoßen sind, was bedeutsam für sie ist. Dann redet sie weiter für einige Zeit. Dabei schaue ich ihr interessiert in die Augen und vor allem auf den Mund. Ihre Lippen regen meine Phantasie an, und ich schäme mich etwas meiner erotischen Gedanken. Wie kann ich nur menschliches Interesse heucheln und an Fellatio denken. Nicht nur die Fülle ihrer Lippen erregt meine volle Aufmerksamkeit, sondern auch ihr Farbverlauf. Das Kirschrot der geschwungenen Außenseite steht im Gegensatz zum Erdbeerrot der feuchten Innenseite. Ich kann nicht verhehlen, dass sie mich physisch anzieht. Sie hat die dralle Kurvigkeit einer sehr jungen Frau, bei der sich jedes Kilo an der richtigen Stelle befindet. Sie wird bald pummelig werden, aber jetzt ist sie in voller Blüte. Alles an ihr sieht knusprig aus, wie eine Bäckerstochter.
Ich zwinge meine Gedanken in eine andere Richtung. Sind Sexsüchtige die, die ständig zwanghaft Sex haben wollen oder auch die, die ständig an Sex denken, geht es mir durch den Kopf.
Unbefangen und arglos plappert sie weiter, als ob ich mit all dem etwas anfangen könnte. Sie scheint mich zu mögen

und das schmeichelt mir. Sonst würde sie nicht keck den Vorschlag machen, mir den schönsten einsamen Strand der Insel zu zeigen. Natürlich unter dem selbstlosen Vorsatz der Gastfreundschaft. Ihre forsche Art reizt mich und auch die Vorstellung mit einer so jungen Frau die Zeit an einem einsamen Strand zu verbringen. Wir werden die Badesachen vergessen haben. Ich stelle mir vor, wie sie mich in der Dämmerung zum schwimmen ins Meer lockt, wir sind nackt, wir spritzen mit Wasser. Dann wälzen wir uns paniert im Sand und..... Trotzdem springt bei mir der Funken nicht über. Anscheinend braucht es mehr um mich zu reizen. Das Körperliche spielt zwar eine große Rolle, aber es müsste doch noch einiges dazukommen, um mich zu begeistern. Auf jeden Fall fehlt mir bei ihr die Finesse. Ich möchte nicht noch ein Verhältnis, wie das mit meiner Wirtin.
Ich habe scheinbar das Glück, dass irgendetwas an mir Frauen anspricht. Was es genau ist, weiß ich noch nicht. Allein mein Äußeres kann es kaum sein bei meinem zerlebten Gesicht. Aber vielleicht gibt mir genau das die Aura, die tief in der Seele liegende dunkle Bedürfnisse meines weiblichen Gegenübers anspricht.
Oder es hängt damit zusammen, dass ich den Eindruck mache, ein interessierter Zuhörer zu sein? Ich bin nicht sehr kommunikativ, aus der Not heraus. Ich habe einfach nichts von mir zu erzählen, außer den Erlebnissen der letzten Tage. Und die kennt Li zudem noch. Daher klebe ich an ihren Lippen und zeige größtes Interesse an ihrer Person. Li erzählt mir viel von sich, so viel, dass ich etwas erstaunt bin über ihr Mitteilungsbedürfnis.
Das Gefühl, dass jemand größtes Interesse an ihrem Wesen besitzt, scheint zu reichen, um ihre Zuneigung zu gewinnen. Als wir uns später verabschieden gibt sie mir

rechts und links einen Wangenkuss. Dann schreibt sie mir ihre Telefonnummer auf und sagt, sie hätte sich sehr gut mit mir unterhalten. Das bestätige ich ihr höflicherweise. Ich möchte ihr nicht antworten, dass ich ihr Äußeres während ihres Monologes sehr genossen habe. Ich verspreche, mich bei ihr zu melden.

Allerdings weiß ich schon während ich im Auto sitze, dass ich sie nicht wiedersehen werde, außer die Einsamkeit macht mich desperat. Mein schlechtes Gewissen meldet sich mahnend, ich hätte nur aus Freude an der Selbstbestätigung mit ihr geflirtet. Nachdem ich feststellte, dass ich kein weiteres Interesse an ihr habe, hätte ich nicht weiter Zuneigung heucheln sollen. Jetzt macht sie sich vielleicht falsche Hoffnungen.
Unsinn, ihr hattet ein schönes Mittagessen und du bist weder verheiratet noch im Zölibat, meldet sich der Ed in mir und zerstreut meine Bedenken.

Am frühen Abend dusche ich ausgiebig. Ich freue mich auf Lairds Party und nehme mir Zeit die Kleidung so zu wählen, wie ich mich fühle und wie sie zu mir passen könnte. Ich bleibe schließlich schon wieder bei Flipflops, Jeans und ein zerknautschtes T-Shirt, dieses Mal aber in orange. Ob ich jemals in Jackettstimmung komme, frage ich mich vergnügt. Dann mache ich mich mit ausreichend Bier zu Fuß auf den Weg. Der laue Abendwind bringt eine Mixtur tropischer Gerüche mit sich, ich meine auch noch den entfernten Ozean riechen zu können. Aus den dichten Kronen der Bäume, die meinen Weg säumen, dringt ein Konzert unzähliger schlafloser Insekten zu mir, die wie ich die Nacht genießen und nicht schlafen wollen. Die Party ist leicht zu finden, die Musik und das Lachen der Gäste dringt weit durch die Dunkelheit.

Kapitel 3 Nalu

Dann stehe ich vor einem ziemlich verfallenen grünen Holzhaus, durch die offenen Fenster quellen die Gäste fast in den Garten. Noch bevor ich schelle öffnet sich die Türe. Laird drückt mir dir Hand und zieht mich hinein. Er schiebt mich wie einen Einkaufswagen durch den Flur und nimmt mir in der Küche das Bier ab. Am Kühlschrank öffnet er mir ungefragt ein Eiskaltes und lässt mich dort stehen.
Im angrenzenden Wohnzimmer drängen sich die Gäste. An die Wand gelehnt stehen dort Surfboards aneinandergereiht der Größe nach. Aus den Lautsprechern dringt Bob Marleys schleppender Reggaerhythmus. Während es draußen angenehm warm war, wirkt es drinnen stickig heiß.
Die meisten Gäste sind deutlich jünger als ich, es wird viel gelacht. Man sieht entspannte, gebräunte Gesichter, die ausgebleichten Haare und athletischen Körper lassen auf die lokale Surfscene schließen. Einige wenige wirken eher der alternativen Ökobewegung zugehörig, hier sieht man Haremshosen, Stirnbänder und gebatikte Shirts.
Mit einem Gast komme ich schnell ins Gespräch. Er ist klein und brünett. An den kräftigen Schultern, dem gegerbten Gesicht und den roten Augen erkenne ich den Wellenreiter. Er könnte auch gekifft haben, hat aber wahrscheinlich viel Zeit im Salzwasser verbracht, oder beides.
<Du siehst so aus, als hättest du heute einen guten Surftag gehabt.>, spreche ich ihn an und stoße ungefragt mit seinem Bier an. Er steht dort alleine an die Wand gelehnt,

glücklich mit sich und seinem Getränk und schaut phlegmatisch in den Raum. Doch nun, beim Gedanken an Wellen und seine letzten Erlebnisse, beginnen seine Augen zu leuchten. Er wird wach wie ein Zombie und beginnt euphorisch von seinem Tag zu erzählen.
Laird gesellt sich auch zu uns und fragt mich, ob ich irgendwelche Gäste kenne. Ich weiche aus, um nicht zu antworten, dass ich nur eine Hand voll Menschen auf der Welt kenne und auch die erst seit dieser Woche. Ich entscheide mich, mein Problem erst mal für mich zu behalten. Er stellt mich meinem Gesprächspartner vor, der wie ich auch Ed heißt und gar nicht aufhören kann zu schwärmen. Laird legt Ed die Hand freundschaftlich auf die Schulter zum Zeichen, auch etwas sagen zu wollen und schaut mich an:
<Weißt du, mein Freund Ed ist etwas monothematisch. Den meisten Surfern ist eins gemeinsam, die Sucht nach Endorphinen. Die Menschen verändern sich durch diesen Lebenswandel der regelmäßigen Adrenalinkicks. In der auf die absolute Begeisterung folgende Phase der Ruhe, wirken sie nach außen lethargisch. Die Schattenseite dieses Lebenswandels ist die häufig zu schnell eintretende Langeweile und Gleichgültigkeit bei alltäglichen Empfindungen und Erlebnissen, die für die meisten Menschen das Leben dominieren. Einfach gesagt, Ed lebt nur für und spricht nur über das Surfen, das aber dafür mit größter Begeisterung.>
Dabei knufft er Ed mit dem Ellenbogen lachend in die Seite und eine kleine freundschaftliche Rangelei entwickelt sich.

Später tritt eine junge Frau zu Laird und begrüßt ihn. Sie ist schlank, mittelgroß und hat die pechschwarzen langen

Pferdehaare einer Polynesierin*. Meine Aufmerksamkeit erregt zunächst ihr ansteckendes Lachen. Dabei rollt sie die Oberlippe über ihre schneeweiße Zahnreihe. Die Konsistenz ihrer Lippen scheint so vital, dass sie sie statt zu schürzen, nach oben dreht und die rosige Farbe der Innenseite offenbart. Zudem verengen sich ihre zunächst großen Augen schalkhaft zu schmalen Schlitzen. Ihr Gesicht spricht mich unmittelbar an, auch wenn es nicht als objektiv schön zu bezeichnen ist. Im Profil hat sie eine wunderbare Kinn-Kehlkopflinie, fällt mir auf. Ihre Haut hat einen warmen milchkaffeefarbenen Ton, der irgendwo in ihrem Ahnenstamm neben polynesischen auch europäische Spuren verrät. Ihre Kurven unter dem knappen Textil sind so verlockend, dass ich kaum meine Augen von ihr abwenden kann. Ihre kräftigen, braunen Schultern stehen im Kontrast zu ihrer schlanken Taille, ihre hohen festen Brüste und ihr runder Po geben ihrer Figur eine fatale Anziehungskraft.
Als sie mir im Gespräch mit Laird ihren Rücken zuwendet überkommt mich das Gefühl, an ihrer Haarpracht riechen zu müssen. Da ich hinter ihr stehe, beuge ich mich zu ihr hinüber, schließe kurz die Augen und genieße die Assoziationskette, die dieser Wohlgeruch in mir auslöst. Er wird dominiert von einer floralen Note. Vielleicht war sie heute am Strand und hatte Blüten im Haar, schwelge ich. Schwächer, aber doch viel bewegender, ist der Geruch nach Weib, den ich auch wahrnehme, süß und verführerisch.
Wenn Niels romantisch ist, ist Ed triebhaft. Meine Phantasie verselbständigt sich, ich kann es nicht verhindern. Ich stelle mir vor, wie ich ihren zarten Körper küsse, dort wo der Wohlgeruch entspringt und...

Plötzlich drehen sich beide um und schauen mich an. Vermutlich sehe ich etwas entrückt aus, vielleicht werde ich rot.
<Ed, ich möchte dir jemand Besonderes vorstellen, meine Freundin Nalu.>, sagt Laird zu mir und entschuldigt sich direkt wieder um zu einem anderen Gast zu wandern.
<Hi, schön dich kennen zu lernen, Ed.>, eröffnet sie das Gespräch und streckt mir höflich die Hand entgegen, so wie man das hier eben macht.
<Ja...Ja.. ähm>, stammele ich verlegen, drücke ihre Hand und sammele mich langsam. Ich konzentriere mich, hole tief Luft und versuche ein souveränes Lächeln aufzusetzen. Dann gehe ich in den Angriff über, schaue ihr in die Augen und bemerke:
<Deine Haut, deine blendend weißen Zähne und dein rosafarbenes Zahnfleisch geben den Eindruck, als hättest du noch nie anderes als Tropenfrüchte und frische Milch zu dir genommen. Überhaupt bist du wahrscheinlich eine einheimische Perlentaucherin, die sich im kühlen Wasser ihre Jugend konserviert.>
Da ist schon wieder dieses Lachen, mein Gott ist das anziehend, dieses Mal habe ich es hervorgerufen, denke ich entzückt.
<Deinem Akzent nach zu urteilen würde ich schätzen, dass du aus Deutschland kommst, wo lebst du?>
<Ich bin tatsächlich Deutscher und lebe augenblicklich hier>, antworte ich und versuche wieder das Gespräch auf sie zu lenken. <Du siehst fast aus wie eine echte Hawaiianerin und dein Name klingt auch so, oder?>, frage ich etwas dümmlich und fühle mich wie Niels, der Tourist.
<Ein Teil meiner Familie ist ursprünglich hawaiianisch, der andere ist amerikanisch. Mein Name Nalu heißt soviel wie „die Welle" auf Hawaiianisch.>

<Und du bist keine Perlentaucherin?>, stelle ich fest um wieder etwas Humor ins Gespräch zu bringen.
<Warum lenkst du von dir ab?>, fragt sie mit etwas unwirschen Ausdruck in ihrem Südseemadonnengesicht, <Erzähl mir was du hier machst, du wirkst nicht wie der klassische Tourist.>
<Weil ich kaum mehr von mir weiß, als du in diesem Augenblick. Es ist unglaubwürdig, aber ich hatte vor ein paar Tagen einen Unfall und erlitt eine Amnesie. Seitdem versuche ich erfolglos mein Gedächtnis zu rekonstruieren. Ich habe herausfinden können, dass ich nicht Ed sondern Niels heiße, aus Deutschland komme, gerne surfen gehe und Frauen mag. Das ist aber auch so ziemlich alles. Mir gefällt aber eigentlich besser Ed als Niels, du darfst dir einen Namen aussuchen. Du siehst, du könntest meine Arglosigkeit ausnutzen, ich gebe mich in deine Hände...>, versuche ich zu flirten.
<OK, machen wir ein Spiel, ich kann ein bisschen hellsehen>, blinzelt sie mich an, offensichtlich das Gesagte bezweifelnd.
Ich bin verblüfft über die Gnade der Aufmerksamkeit, die sie mir schenkt und gebe mir alle Mühe meine Begeisterung für sie zu verstecken und entspannt zu bleiben.
<Also, ich versuche dir meinen ersten Eindruck von dir zu vermitteln, dann bist du dran.>
<Einverstanden>, entgegne ich gespannt.
<Du bist knapp unter vierzig und hast viel gearbeitet. Das erkenne ich an deiner ausgeprägten Zornesfalte. Das ständige Stirnrunzeln produzierte deine horizontalen Falten und lässt auf häufige Unzufriedenheit schließen. Deine Augen sind zu lebendig, als dass du dich hättest unterkriegen lassen. Das bestätigen auch deine Lachfalten.

Deine vitale Aura und dein lädierter Schädel lassen darauf schließen, dass du sportliche Herausforderungen suchst. Dein fließendes Englisch spricht für Internationalität, du bist viel gereist. Wahrscheinlich bist du entweder ein überarbeiteter Manager im Sabbatical oder ein frustrierter Sport,- und Englischlehrer in den Ferien!>, lächelt sie mich provozierend an.

Dann ergänzt sie: <Zu deiner Beruhigung, eine Intuition sagt mir, dass dein Leben nicht zu dir paßt, dass mehr in dir steckt, dass du vielleicht schon auf der Suche nach Neuem bist.> Dabei mustert sie mich neugierig, legt den Kopf zur Seite und fordert ungeduldig Bestätigung ein: <Na, sag schon, passt das?>

<Danke Frau Doktor, ich habe das Gefühl von einer außenstehenden Fremden mehr über mich zu erfahren, als ich bisher weiß.>

Ich frage mich, warum sich dieses göttliche Wesen für mich interessiert. Zumindest scheint sie meine Nase nicht zu stören. Ich fühle mich völlig entwaffnet, schutzlos der magnetischen Anziehungskraft dieser Meerjungfrau ausgesetzt.

<Schluss damit, sei ehrlich, liege ich richtig?>, fragt sie mit einem spitzbübischen Blick von unten.

<Du glaubst mir einfach nicht, ich muss genauso mutmaßen wie du. Es scheint aber, dass du mit dem Manager eher richtig liegst...>

Sie verdreht die Augen und unterbricht mich, legt mir die Hand auf den Arm, schaut mich streng an und sagt: <Falls deine Geschichte stimmt, wann wenn nicht jetzt, hast du noch einmal die Wahl dein Leben zu ändern? Orientiere dich neu, wenn du das Bedürfnis dazu hast!>

<Darüber denke ich gerade nach. Ich meine zwei Seelen in meiner Brust zu haben, das verwirrt mich. Die eine ist

scheinbar konservativ, sie lässt mich intuitiv vorsichtig und konfliktscheu agieren.>, antworte ich konsterniert.
<Ich mag die andere!>, unterbricht mich Nalu und strahlt mich verführerisch an.
<Die andere kitzelt mich manchmal und provoziert mich zu verrückten Dingen, ist es das was dir gefällt?>
<Genau das Ed, warte kurz, ich hole uns noch was zu trinken. Und dann bist du dran, mich zu analysieren.>, sagt sie im Gehen.
Kurze Zeit später erscheint sie mit zwei randvollen Gläsern Rotwein während ich die heiligen Zentimeter unserer ersten Begegnung gegen Eindringlinge verteidigt halte. Sie stößt mit mir an, schaut mir über den Glasrand in die Augen und ich habe das Gefühl, dass es um uns herum still wird. Ich bin wie geblendet, muss den Blick senken und trinke einen Schluck.
Dann tritt eine Gesprächspause ein während der sie mich gespannt anschaut.
Wissend, dass ich jetzt liefern muss, zwinge ich meine Gedanken zur Ordnung. Ich ignoriere Niels, der zu wohlfeilem Gesäusel rät und höre auf Ed, der weiß, dass jetzt Dreistigkeit siegt.
<Meine Intuition sagt mir, dass du eine Wohlstandstochter bist, ungefähr 22 Jahre alt. Du hast dich kaum von Zuhause freigeschwommen, studierst Psychologie, universitär oder zum Spaß und hast eine spirituelle Ader. Deine fehlenden Falten lassen sich nicht interpretieren. Über dein Äußeres möchte ich nicht mehr sagen, um mich nicht in die Reihe der Kavaliere einzureihen, die wahrscheinlich bei dir Schlange stehen. Männer geben dir das Gefühl alles erreichen zu können. Aber dein Leben lief bisher so rund, so dass du einen Kerl brauchen kannst, der es durcheinander bringt und dir gelegentlich ordentlich

deinen verwöhnten, hübschen Hintern versohlt. Des letzteren bin ich mir im übrigen recht sicher.>, ergänze ich gespielt herablassend, denn beim Wort Wohlstandstochter und Kerl weiteten sich ihre Augen gefährlich. Ich scheine also auf dem richtigen Weg zu sein.
Empört über meine Provokation erwidert sie prompt: <Mein Alter ist 25 Jahre, danke und für meine Eltern kann ich nichts. Menschen interessieren mich, daher studiere ich sie. Gelegentlich nehme ich mir die Psychologie zur Hilfe um Dinge besser zu verstehen. Eine spirituelle Ader habe ich auch. Ich lebe oben auf dem Berg in Makawao in einer Art Kommune. Jeder beschäftigt sich dort mit irgendeiner metaphysischen Lehre. Also, du hast ganz gut getroffen, wobei, wie kommst du darauf, dass ich Single bin und einen harten Kerl brauchen kann, der du bestimmt meinst zu sein...>
<Ich sagte nicht, dass du Single bist, woher soll ich das auch wissen. Aber deine Art fordert zum Widerstand heraus, und ist es nicht langweilig immer fügsam zu sein?>, entgegne ich mit einem vielsagenden Blick, als ich plötzlich von hinten einen Stoß erhalte und Nalu das fast volle Glas Wein über die Brust kippe. Sie reißt die Augen auf und hebt vor Schreck beide Arme in die Höhe. Die mit Rotwein durchtränkte weiße Bluse klebt an ihrer prallen Brust, deren Form sich nun vollends abzeichnet. Ich starre wohl mit offenem Mund und meine diese entzückenden kleinen Erhebungen zu erkennen, die die feste Brustwarze auf ihrem Hof kreisrund umgeben.
<Gehen wir an den Strand!>, entscheidet sie lachend meinen Blick bemerkend, <Bis meine Bluse getrocknet ist, muss ich mich in der Dunkelheit vor schamlosen Blicken verstecken!>

Wie selbstverständlich ergreift sie meine Hand und zieht mich durch die Gäste hinter sich her. Sie scheint gewohnt, dass Männer ihr folgen. Vor dem Haus lässt sie meine Hand leider wieder fallen. Auf dem Weg durch die Nacht merke ich, dass ich leicht betrunken bin. Wortlos schlendern wir nebeneinander her. Ich fühle in meiner Brust ein Glücksgefühl und könnte laut schreien vor Lebenslust, lasse mir aber nichts anmerken. Wie ich diese Spannung genieße, nicht zu wissen was wohl passieren wird. Ich spüre eine starke Zuneigung Nalu gegenüber, mehr reizt mich fast noch der Kick des Ungewissen. Ich versuche gelassen zu bleiben und will nicht durch Geplapper meine Unsicherheit überspielen. Wir schlendern an Häusern vorbei, einer Kirche und sehen bald den Strand vor uns liegen. Trotz der Dunkelheit erkennen wir die weiße Gischt der regelmäßig reinrollenden Wellen im dunklen Wasser. Eine Brise weht uns den undefinierbaren Geruch von sauberem Meerwasser und frischen Algen entgegen. Das Mondlicht glitzert auf dem Wasser. Ich liebe diese tropischen Nächte, wo könnte es angenehmer sein.

Als sie sich in den Sand setzt, platziere ich mich unmittelbar neben sie, so dass unsere Ellenbogen sich berühren. Welcher Kultur Menschen auch immer angehören, dieser Moment hier muss als romantisch empfunden werden. Nalu wird dasselbe denken, aber vielleicht macht sie auch meine Einsilbigkeit verlegen.

Sie unterbricht die Stille und sinniert: <Wenn es einen Gott gibt, dann wird er sich gesagt haben, dass es den Menschen, die hier Leben an nichts fehlen soll. Wasser und Nahrung gibt es im Überfluss. Das Klima ist so gnädig, dass man ganzjährig auch unbekleidet rumlaufen könnte, was unsere Vorfahren auch getan haben. Es gibt kaum

Krankheiten, keine gefährlichen Tiere. Riffe schützen die Strände vor Wellen und Haien und... >
<so so>, unterbreche ich sie, um ihre Aufmerksamkeit zu erlangen.
Als sie mich fragend anschaut, nehme ich allen Mut zusammen, beuge mich zu ihr hinüber und beende ihren Monolog indem ich sie auf den Mund Küsse. Sie erwidert meinen Kuss und legt mir die Arme um den Hals. Dann lässt sie sich nach hinten sinken und zieht mich zu ihr hinunter. Welch ein Genuss, ihre so verlockenden vollen Lippen endlich so kosten zu dürfen. Wir wälzen uns im Sand, lachen und schmusen zunächst unschuldig wie wahrscheinlich ihre Vorfahren seit Jahrtausenden an diesem Strand. Unsere Nähe gibt mir ein Gefühl der Vertrautheit, obwohl wir uns gerade erst kennen gelernt haben. Irgendwann werde ich hart und weiß nicht, wie sie auf mein Begehren reagieren wird. Eine Ahnung sagt mir, dass sich Warten hier lohnen wird. Ich unternehme keinen Versuch sie zu entblättern und halte mich zurück, obwohl mir Ed im Nacken sitzt und drängt. Auch als sie ihre Scham an mich drückt und ihr Atem schneller geht, bleibe ich defensiv, obwohl es mir schmerzhaft in den Leisten zieht.
Dieses Mal behält Niels die Oberhand.
<Gehen wir schwimmen, um die Panade aus Rotwein und Sand abzuwaschen?>, frage ich sie scheinheilig, um sie nackt im Mondschein zu sehen.
Darauf entgegnet sie knapp: <Nachts geht man nicht ins Wasser.>
<Könntest du mir noch erklären, welche praktischen oder spirituellen Gründe das hat?>, frage ich belustigt.
Sie schaut mich daraufhin kühl an und entgegnet:

<Woher sollt ihr es auch wissen, Hawaiianer kennen das Meer. Nachts kommen die Haie nah der Strände zur Jagt, über Tag meiden sie die Lagunen und bleiben im tiefen Wasser. Vor ein paar Jahren wurde hier eine Festlandstouristin getötet, als sie nachts raus schwamm. Man fand nicht mehr viel von ihr. Außerdem sagen die Alten, wenn die Wiliwilibäume blühen, kommen viele Haie zur Paarung in die Gewässer um Hawaii und sind sehr aggressiv, dann sei besonders vorsichtig. Das ist jetzt diese Zeit.>
Irgendwie war die Stimmung umgeschlagen, und wir bummeln zurück, zumindest jetzt Hand in Hand.
<Magst du mir deine Heimat zeigen, so wie sie Hawaiianer sehen?>, frage ich nach einer längeren Gesprächspause ernsthaft.
<Was gibst du mir dafür?>, antwortet sie schon wieder honigsüß mit einem schelmischen Lächeln.
<Was ich habe, teile ich mit dir!>, entgegne ich bedeutungsschwanger.
Aus Lairds Haus wummert immer noch der Bass durch die Nacht. Ich habe kein Bedürfnis mehr hineinzugehen und sie offensichtlich auch nicht, denn sie geht direkt auf ihr Auto zu. Dahin folge ihr. Als sie einsteigt, stehe ich vor ihrer Türe etwas verloren mit den Händen in den Hosentaschen. Ich beiße mir auf die Zunge, um nicht noch etwas zum Abschied zu sagen. Gerne hätte ich sie noch nach ihrer Telefonnummer gefragt, verkneife es mir aber. Am Telefon könnte sie immer noch absagen. Dann startet sie den Motor, schaltet die Scheinwerfer an und dreht schließlich doch noch die Scheibe herunter. Ich ringe mit mir, mich nicht herunterzubeugen um ihr einen Abschiedskuss zu geben.

<Komm bei mir vorbei, wann immer du magst, frag in Makawao nach Kamehamearoad 3, ich würde mich freuen... >, sagt sie und fährt los, ohne eine Antwort abzuwarten.
Ich schaue ihr nach, wie sie mit ihrem rostigen armeegrünen Pick-up in die Dunkelheit verschwindet, mit dem sie wahrscheinlich durch eine Hauswand fahren könnte. Gut gemacht, raunt mir Ed zu. Ich mache einen Luftsprung vor Freude.

So voller Eindrücke möchte ich nicht mehr zu Laird hineingehen, um mich für die Einladung zu bedanken und entscheide mich ihn morgen anzurufen. Auf dem Weg nach Hause lasse ich die Bilder des Abends an mir vorbeiziehen.
In meiner Hütte schütte ich den Sand aus meinen Taschen und ziehe das rotweinverschmierte T-Shirt aus. Darauf meine ich die abgepauste Kontur ihrer Brüste zu erkennen. Seelig schlafe ich ein.

Kapitel 4 Wer bin ich

Gegen Morgen wache ich verschwitzt auf, ich hatte einen wilden Traum. Ich lebte in einer früheren Zeit, in der Menschen noch halb aufrecht liefen. Es herrschte das Recht des Stärkeren. Ich streifte durch eine sonnenverbrannte Ebene. Entfernt sah ich eine junge schlanke Frau, die sich umdrehte und scheinbar angstvoll vor mir weglief. Das reizte mich, ich rannte hinter ihr her. Ich folgte ihrem hüpfenden kurvigen Hinterteil und wurde erregt, war schneller als sie und holte sie ein. Dann konnte ich sie am Arm greifen, hielt sie fest und wollte sie nehmen. Ich drücke sie zu Boden, aber ihre kreischenden Laute und ihre Gegenwehr ließen mich zögern, ernüchterten und lockten mich zugleich. Als ich genauer hinschaute stellte ich plötzlich fest, dass sie aussah wie ein Affe. Sie hatte überall langes dünnes Fell. Lust verspürte ich keine mehr. Verstört ließ ich sie los. Jetzt allerdings zögerte sie zu fliehen, auch änderte sich der Klang ihrer Laute. Als ob sie nun etwas erwartete. Ich war ratlos und schaute in ein Affengesicht.
Es dauerte lange, bis ich wieder einschlafen konnte.

Der nächste Tag beginnt mit Kopfschmerzen, wahrscheinlich eine Mischung aus Schädeltrauma und Kater. Der Blick aus dem Fenster verstärkt meinen Katzenjammer. Es ist grau, stürmt und regnet. Die Palmen schwanken im Wind, der Regen trommelt auf das Dach. Das raschelnde Sausen der Palmenwedel, die nun aufrecht gen Himmel stehen wie Zacken einer Krone, verbreitet Weltuntergangsstimmung. Ich setze mich fröstelnd in meiner Surfshort auf die Terrasse und schaue in die nasse Welt, die mich nachdenklich stimmt. Trotz der Bekanntschaft mit Nalu fühle ich mich jetzt einsam und fremd auf der Insel. Ob sich irgendwo jemand um mich sorgt, frage ich mich, und wie fühlt sich Heimat Zuhause an? Werde ich Hawaii jemals als mein Zuhause empfinden, das ich liebe? Jetzt spüre ich das emotionale Vakuum, in dem ich mich hier befinde. Obwohl mir eigentlich nichts fehlt, sehnt sich mein Herz nach menschlicher Nähe, nach guten Freunden und Familie.

So vertieft in meine Gedanken lässt plötzlich der Regen nach und ein blauer Streifen zeigt sich über den grünen Berghängen. Dieses Phänomen des Passatwindes, erklärt mir Nalu später, ist eine der segensreichsten Erfindungen der Schöpfung. Alle Inseln innerhalb des Passatgürtels rund um den Globus erfreuen sich über eine ständige, fast ganzjährige Briese, die die Temperaturen mäßigt. Falls die Inseln noch zusätzlich Berghänge besitzen wie die Hawaiiarchipele, regnen sich die Passatwolken jeden Morgen kurz an den Hängen ab. Der Regen setzt wie die Automatik eines Rasensprengers ein, der das Bewässerungsoptimum für die Vegetation garantieren soll.
Mit dem ersten Sonnenstrahl, der durch die tropfenden Palmenwedel glitzert, erscheint die dralle Wirtin mit einem Becher Kaffee vor ihrem Haus und winkt mich zu ihr herüber. Ich laufe barfuß über den nassen Rasen, danke ihr mit einem Kuss auf die Wange für den Kaffee und verschwinde schnell wieder mit dem Becher auf meinem Terrassenhochsitz.
Die Welt erstrahlt jetzt in bunten Farben, da sich die Sonne durch die nassen Blätter brennt. Trotz des nunmehr blauen Himmels wirft der Wind immer wieder von

irgendwoher Regentropfen in die Luft, die hier und dort riesige Regenbögen zaubern.

Mit dem Gefühl endlich eine Entscheidung treffen zu müssen, ringe ich mich durch, einige der Telefonnummern anzurufen, die sich in meinem Telefon befinden. Wer auch immer mich kennt wird mir über meine verlorene Vergangenheit berichten können: Eltern wahrscheinlich eher nachsichtig, Kollegen eher beschönigend, Verflossene bestimmt gnadenlos, Geliebte hoffentlich liebevoll, echte Freunde aufrichtig.
Nur wie findet man heraus, ob man echte Freunde hat? Vielleicht sind gute Freunde das verlässlichste im Leben. Aber sind sie es noch, ohne die gemeinsame Vergangenheit, die unsere Verbindung darstellt? Ich will es hoffen.....
Da es aber in Deutschland durch die Zeitverschiebung 12 Stunden früher als in Hawaii ist, sollte ich den Versuch nicht vor dem heutigen Abend starten, rede ich mir ein. Wie verbringe ich den wunderbaren Tag heute, frage ich mich? Gestützte Erinnerung kann zur Gedächtnisrückgewinnung führen, waren die Worte des Arztes. Daher werde ich den Tag auf dem Wasser surfend verbringen, wie ich es wohl auch zuvor gemacht habe. Nachdem ich die Entscheidung gefällt habe, verbessert sich meine Laune zunehmend. Ich werfe meine Surfutensilien auf die Ladefläche des Pick-ups und fahre los. Auf der Hauptstraße halte ich bei einem gemütlich aussehenden Cafe zum Frühstück an.
<Wie geht es dir?>, begrüßt mich eine unglaublich freundlich lächelnde Kellnerin und ich antworte ihr:
<Ganz gut, aber....>

Ich komme gar nicht dazu weiter zu sprechen, da sie mir schon den Rücken zugekehrt hat und mich zu meinem Platz bringt. Offensichtlich war ihre Frage nur eine Höflichkeitsfloskel, ich fühle mich etwas dümmlich. Also setze ich mich und bestelle Berge von Leckereien. Glücklicherweise bedient mich eine andere Kellnerin, und ich freue mich auf ein gutes Frühstück.

Als meine Augen durch den Raum wandern, entdecke ich einen Computer mit dem Hinweis Free Internet in einer Ecke. Es schießt mir durch den Kopf, dass ich auch über mich und meine Amnesie im Internet einige Informationen finden könnte. Ich gehe hinüber und tippe zögerlich auf der Tastatur des Computers herum und stelle erfreut fest, dass ich mich hier leicht zurechtfinde. Zunächst gebe ich in der Suchmaschine die Diagnose des Arztes „retrograde Amnesie" ein und warte gespannt, was ich finde. Der Apparat wirft verschiedene Definitionen aus, dann aber geht es mir durch Mark und Bein, als ich nach verschiedenen Krankengeschichten auf das Schicksal eines gewissen Udos stoße. Dieser Leidensgenosse hatte einen Autounfall und verlor wie ich sein Gedächtnis, behielt aber die Fähigkeit neues zu erlernen und zu speichern. Genau wie bei mir blieben auch seine früheren Fähigkeiten abrufbar, vieles Wissen blieb erhalten, aber alle Erinnerungen an Menschen, alle Gefühle und Lieben seiner Vergangenheit waren dauerhaft verschollen. Er erkannte auch keine Örtlichkeiten und Gesichter mehr. Seine Frau und Kinder waren ihm völlig fremd und er versuchte die Liebe zu ihnen neu zu erlernen. Der Artikel schließt mit dem Zitat von Jean Paul, „Erinnerungen sind das einzige Paradies, aus dem man nicht vertrieben werden kann" und der lakonischen Bemerkung, dass Udo dieses Paradies nie wieder betreten wird.

Nach dieser frustrierenden Aussicht starre ich scheinbar so konsterniert auf den Monitor, dass die Bedienung mir mitfühlend ihre Hand auf die Schulter legt. Wahrscheinlich reagierte ich auf ihre Ansprache nicht. Sie scheint bemerkt zu haben, dass etwas mit mir nicht stimmt.

<Dein Frühstück ist fertig, das wird dich aufbauen!>, versucht sie mich zu ermutigen.

Ich grummele etwas, immer noch gefangen in meinen trübsinnigen Gedanken. Dann stellt sie eine herrliche Sammlung aus Tropenfrüchten und anderen Köstlichkeiten neben mir ab.

Sie wünscht mir noch freundlich: <Enjoooy!> und lässt mich allein.

Ich schaue ihrem hübschen braunen Rücken nach, ihrem wiegenden Gang in ihren Badelatschen und versuche es mit Autosuggestion. Kämpferisch rede ich mir ein: Das vermeintliche Vergangenheitsparadies mag vielleicht verloren sein, aber ist nicht diese Existenz Paradies genug? Während ich mich bewusst auf meinen Geschmackssinn konzentriere, um den süßen Geschmack der Mangos über meine Verzweiflung siegen zu lassen, drängt sich mir ein Gedanke auf: Hat Udo aus Rücksicht auf seine Frau und Kinder versucht, seine Gefühle wiederzubeleben? Oder fühlte er sich so allein, dass ihn die Einsamkeit dazu trieb? Wie könnte ich mich aus Rücksicht zu einer mir völlig fremden Familie begeben? Allerdings sollte sich meine Frau gemeldet haben, wenn ich eine hätte, denke ich mir. Eltern melden sich bestimmt erst nach Wochen, wenn überhaupt, aber Ehefrauen eher täglich oder zumindest häufig. Aber auf meinem Handy kam kein Anruf in den letzten Tagen. Dann entscheide ich mich zwischen zwei Bissen den

Namen „Niels Wagner Köln" im Suchfeld einzugeben. Und dann passiert es, wobei ich mich fast verschlucke. Diese Wundermaschine findet tatsächlich meine Existenzspuren, die Handelsregistereintragung meiner Firma Wagner GmbH, den Verweis auf meine Internetseite, belangloses über Produkteigenschaften und Sonderangebote, ein Foto von mir im Anzug, ganz engagiert auf die Qualität von kleinen technischen Produkten hinweisend. Nichts davon ist mir bekannt. Es sollte mich interessieren, doch das tut es nicht. Der Gedanke, dass ich mich in diese fremde Rolle als Händler wieder einfinden soll, deprimiert mich. Die Aussicht, Artikelnummern wieder zu erlernen und zu Handelsprodukten zuzuordnen, langweilt mich. Ich schließe die Augen und stelle mir vor, wie ich verirrt durch lange Regalgassen laufe um Waren zu finden, Etiketten lesend, mein Anzug schlackert und ich trage mittlerweile eine Brille. Verdutzten Kunden soll ich Rechenschaft darüber geben, dass ich sie nicht erkenne, ich schwitze und habe einen roten Kopf. Eine unansehnliche Mitarbeiterin zeigt auf mich und lacht schallend über meine Unfähigkeit. Dabei hält sie sich den hüpfenden dicken Bauch.

Ich öffne wieder die Augen, reibe mir die Schläfen und verlasse den Alptraum und diese kleine Maschine, die fast allwissend weltweit Menschen virtuell verbindet. Das Geld lege ich auf den Tisch und laufe fast panisch nach draußen, ich will jetzt mit niemand reden. Wie nach dem Besuch eines Horrorfilms im Kino, kommt der Puls erst langsam wieder zur Ruhe.
Auf dem Gehweg im Sonnenschein atme ich tief durch, warme Tropenluft, das hier ist jetzt meine Realität, das muss ich mir immer wieder klar machen.

Dann steige in mein Auto und suche das Weite. Ich schalte das Autoradio ein und höre den Refrain „You can go your own way". Das ist von Fleedwood Mac, ein Lied, das ich erstaunlicherweise sofort erkenne. Das betrachte ich als ein gutes Zeichen, lege meinen Arm aus dem Fenster und versuche mitzusingen, vielleicht bringt mich das auf bessere Gedanken.

Die Straße führt mich kreuz und quer die Küste entlang Richtung Westen. Schließlich sehe ich ein Schild Kanaha Beach Park und folge einem mit Blumen bemalten VW-Bus zum Strandparkplatz.

Im Schatten der Palmen im Hinterland sitzen Familien beim Picknick auf Rasenflächen, Kinder spielen, und Ältere halten ein Schläfchen. Unter den Pinienbäumen, die bis ans Ufer wachsen, sitzen Surfer im Sand und blicken mit zusammengekniffenen Augen auf das türkisfarbene Wasser. Ich geselle mich dazu und erfahre von Sam, einem bestimmt sechzigjährigen durchtrainiertem Windsurfer, dass draußen auf dem Riff heute masthohe* Wellen brechen sollen. Da hier das Korallenriff allerdings weit vor der Küste liegt und daher die Wellen das Ufer nur noch als leichtes Geplätscher erreichen, entscheide ich meinen ersten Versuch von diesem ungefährlichen Strand aus zu wagen. Wie fast jeden Tag stabilisiert sich der Passatwind erst gegen Mittag zu einer steifen Brise genau sideshore* von rechts. Kleine weiße Schaumkronen unterbrechen das helle blau der Lagune jetzt.

Nachdem ich meine Windsurfausrüstung auf der Wiese aufgebaut habe, trage ich sie zum Wasser. Mein Herz beginnt wild zu schlagen, als ich im weißen Sand am Ufer stehe. Das Licht ist so grell, dass ich die Augen zusammenkneifen muss. Als ich ins Wasser steige und das kühle Naß meine Hüfte erreicht, ziehen sich meine Eier ängstlich zusammen. Ich atme noch einmal tief durch und mache den Beachstart*. Ich merke, dass diese Fortbewegung mir im Blut liegt, mein motorisches Gedächtnis lässt mich nicht im Stich. Auch hier muss ich nichts neu erlernen. Wie jetgetrieben schieße ich über das Wasser, als ich mein Segel dicht hole. Meine Füße stecken fest in den Fußschlaufen, durch das Trapez* bin ich kraftsparend mit dem Gabelbaum verbunden. Als neben mir eine grünbraune Schildkröte neugierig den Kopf aus dem Wasser hebt, kann ich nicht an mir halten, ich schreie laut vor Freude. Schnell kommt mir die erste kleine Welle entgegen, ich ziehe die Boardkante an, der Wind hebt das Brett aus dem Wasser, und in einem kontrollierten Satz hüpfe ich über die natürliche Sprungschanze. Dann aber sehe ich vor mir, was Sam mit „Masthöhe*" meinte. Eine hohle blaue Wasserwand, deren Lippe* vom Wind zur Seite hin abgerissen wird, kommt mir bedrohlich schnell entgegen. Ich muss allen Mut zusammen nehmen, um nicht umzudrehen. Ich schieße fast senkrecht den konkaven Hang nach oben, dort verliert die Finne ihren Halt, und ich fliege, hängend am Segel wie an einem Fallschirm durch die Luft. Als ich nach unten schaue, realisiere ich die Gefahr, ich falle tief und lande mit dem Heck zuerst im klaren Wasser. Knapp unter mir sehe ich die Korallenblöcke des Riffs. Beim eintauchen umgibt mich kurz das kühle Wasser des Ozeans, welch eine Erfrischung. Ich schaffe aber das Segel fest zu halten und bekomme Zug, nehme wieder Fahrt auf, pruste das salzige Wasser aus meiner Nase und kontrolliere meinen Atem. Im tiefen dunkelblauen Wasser draußen hinter dem Riff drehe ich eine Halse auf einer langgezogenen Dünungswelle. Auf dem Weg zurück zum Ufer sehe ich die majestätischen grünen Hänge der West Maui Mountains die sich schroff aus dem Wasser erheben. Doch schon spüre ich, wie die langgezogene Dünungswelle, die mich voran schiebt, vor dem Riff steiler und steiler wird und sich nun in meinem Rücken zu einem fast senkrechten Hang erhebt. Es donnert links von mir, als die Wassermasse in sich zusammenbricht. Ich setze noch rechtzeitig zum Buttonturn* an um dem brodelnden Weißwasser zu entkommen und im steilen Hang nach Lee weiterzufahren. Da sich die Welle wie mit dem Lineal gezogen fortsetzt und von links nach rechts kollabiert, fahre ich im Slalom den Hang hoch und runter, das Segel bedeutungslos, da mich die Welle anschiebt. Ich möchte fast eine Hand in die durchsichtige Wasserwand neben mir stecken, um mich zu vergewissern, dass dies hier Wirklichkeit ist. Irgendwann fällt die Welle brüllend vollends in sich zusammen, ich habe dem Segel Druck gegeben und fahre nun vor dem schaumigen Weißwasser her. Der nächste Wellenritt endet mit einem gehörigen Waschgang, als die Brettkannte in der Kurve nicht greift und ich stürze. Mein Segel wird mir aus der Hand gerissen und ich muss weit hinter dem Brett her schwimmen. Danach bin ich völlig erschöpft, ich will heute kein weiteres Risiko eingehen. Ich fahre zum Ufer zurück und springe auf den sicheren Strand.

Dort setze ich mich hin und lasse den Blick über das Meer gleiten. Während mein Puls sich wieder dem Ruhezustand nähert und meine Muskeln sich entspannen, empfinde ich ein so unglaubliches Hochgefühl, dass sich unwillkürlich ein Lachen einstellt.
Später lese ich, dass diese Hormone in meinem Blut auch Flüssigkeiten der Angst genannt werden. Dass Menschen mit der manchmal verhängnisvollen Disposition zu diesen Betätigungen nur bei Erlebnissen mit der richtigen

Mischung aus Lust und Angst diesen existenziellen Kick erleben.

Kann das Gefühl zu Leben intensiver sein, als im Kontrast mit der Furcht vor seinem Verlust, frage ich mich? Ich denke mir, wenn ich eines Tages diese Welt verlasse, ist es leichter zu gehen, wenn man die Gewissheit hat, bewusst in ihr gewesen zu sein.

Hinter mir höre ich lautes Geplapper. Drei Frauen meines Alters balancieren gestöckelt über die Wiese zum Strand. Ihre Leibesfülle wird von allerlei elastischen Geweben zusammen gehalten. Wild gestikulierend posieren sie am Ufer und fotografieren sich mit ihren Telefonen. Mal gegenseitig, gerne sich selbst, immer und immer wieder. Ihre zunächst normalen Gesichter verziehen alle drei dabei grotesk, sie reißen meist manisch ihre Augen auf und schürzen ihre Lippen. Dann wird es spannend, denn eine zieht ihre Stöckel aus und springt, um sich in der Luft knipsen zu lassen. Die Hälfte des Körpers trifft oben verzögert ein und steht noch länger im Zenit als der Rest, der sich schon wieder auf dem Weg nach unten befindet. Dabei verzieht sich ihr affektiertes Lachen zu einer Grimasse. Als ob sie hier an diesem Strand die beste Zeit ihres Lebens hätte. Kaum fertig, stelzen sie zum Auto zurück, wobei alle drei konzentriert auf ihren Telefonen tippen. Sie waren keine 5 Minuten hier und nehmen nichts mit als Daten auf ihrem Chips. Sie kamen nur um Bilder mit Likepotenzial für das Internet zu sammeln, mit denen sie vorgeben können, am Leben teilgenommen zu haben. Sie waren am Surfstrand da wo die großen Wellen laufen und werden das im Netz posten. Aber selbst wenn sie es nicht Posten. Allein in jedem Moment darüber nachzudenken ob und wie er anderen gefällt, nimmt dem

Wesen des besonderen Momentes seine Gegenwärtigkeit. Statt sich in ihm zu verlieren und zu genießen, haben sie sich von außen betrachtet. Wozu ein Leben, das nur auf Fotos existiert? Selbstdarstellung statt dieses wunderbare Leben zu erleben. Ist das Selbstbetrug? Vielleicht habe ich Vorurteile den Damen gegenüber. Allerdings glaube ich, wer behauptet er habe keine Vorurteile, schätzt sich schlecht ein. Zumindest bin ich jederzeit bereit, sie zu revidieren.

Ich frage mich belustigt während ich die Muskeln meiner Arme und Beine dehne, was für ein weltfremder Stubenhocker auf die Idee kam, den wunderbaren Sport des Surfens mit dem teilnahmslosen rumgetippe auf einer Tastatur in Verbindung zu bringen.

Mir ist immer noch zu warm, um nach Hause zu fahren. Daher springe ich noch einmal ins kühle Meer und schwimme ein wenig bevor ich mich am Strand dusche und ins Auto steige.

Nach Hause fahre ich in die tiefstehende Abendsonne in Kolonne mit gemächlich dahinrollenden Pick-ups. Viele von ihnen erkennt man leicht als Surfer, erstaunlicherweise sind kaum Frauen dabei. Sie haben Bretter auf dem Autodach und die Ellenbogen entspannt und müde aus dem linken Fenster im Fahrtwind liegen. Deren Familien werden heute Abend zufriedene Männer zu Hause treffen, denke ich mir. Sie haben keine Fotos, aber wunderbare Bilder ins Gedächtnis gebrannt.

Ich halte noch kurz am Hookipa Lookout um die Abendstimmung zu genießen. Dort komme ich ins Gespräch mit einem alten Herrn. Er ist Künstler und betrachtet beseelt das durch den Sonnenuntergang golden eingefärbt Wasserrelief. Er teilt brüderlich sein Bier mit mir und philosophiert über das positive Karma dieser Insel, das mit dem Vulkan zusammenhängen soll. Auch wenn ich mit Karma nicht so viel anzufangen weiß, hier und jetzt sind die positiven Vibes der Insel überwältigend. Ich liebe diese Natur und ich liebe das Meer, wo könnte ich mich wohler fühlen.

Als wir beide mit unseren Sonnenbrillen auf den Horizont starren, zwei Fremde im Genuss des spirituellen Erlebnisses seelenverwandt, durchflutet mich ein überwältigendes Gefühl des Glücks.

Ich wünsche mir, es festhalten zu können.

Kapitel 5 Leben

Daher entscheide ich auch im Auto den Kontakt mit Deutschland auf morgen zu verschieben. Den Abend möchte ich lieber mit Nalu genießen. Schon der Gedanke an ihren schlanken Körper mit ihrem festen Apfelpo erregt mich.
Nachdem ich zu Hause angekommen bin, pflege ich meinen Körper ausgiebig. Ich finde haufenweise Hilfsmittel in meinem Bad. Niels besitzt eine ganze Batterie von Cremes, Lotionen und Herrencolognes verschiedener Marken. Ich schnüffele ein paarmal an den klaren Flüssigkeiten. Eine gefällt mir am besten, sie duftet betörend nach Schokolade und Zedernholz. Ich bin gespannt, ob sie bei Nalu ihre Wirkung tut und parfümiere mich nicht ohne Hintergedanken. Dann mache ich mich auf dem Weg.

Meine Scheinwerfer leuchten im Dunkeln durch den Wald, der die Serpentinen nach Makawao säumt. Nach einiger Zeit und der Bewältigung von vielleicht 500 Höhenmetern erreiche ich ein Dorf, das verblüffend einer Westernstadt gleicht. Flache, einfache Holzhäuser säumen die Hauptstraße, Seitenstraßen enden schon nach wenigen Metern im Grünen. Eine kuriose Aneinanderreihung von einem Ökocafe, einem Bikerpub und einem Esoterikshop geben mir den Eindruck stark heterogener Dörfler und der friedlichen Koexistenz verschiedener Lebensmodelle. Ich halte vor dem Cafe und frage nach Nalu. Der asiatische Besitzer kennt sie und verweist mich in die Nachbarschaft. Ein paar Häuser weiter stehe ich vor ihrer Türe. Ich finde einen Klingelknopf ohne Namen und traue mich zunächst kaum ihn zu drücken. Zwei mal nehme ich Anlauf, lass meine Hand dann wieder sinken. Liegt es daran, dass ein 39-jähriger Kerl abends bei einer viel jüngeren Frau vor der Türe steht und daher ein Verhältnis mit ihr fast abwegig erscheint? Oder könnte es sein, dass ihre Schönheit mich einfach einschüchtert? Es bewegt sich mehr in mir, als ich mir eingestehen möchte. Schließlich drücke ich doch den Knopf, es schellt, jetzt fühle ich mich wie ein Pennäler beim Abschlussball.

Dann höre ich unerwartet schwere Schritte und die Türe öffnet sich. Vor mir steht ein großer, langhaariger und bärtiger Typ, barfuß mit Shorts und T-Shirt bekleidet. Er schaut mich irritiert an. Damit habe ich nun nicht gerechnet, aber weglaufen wäre jetzt würdelos.
<Hi, ich bin ein Freund von Nalu, wohnt sie hier?>, stammele ich und fühle mich durchschaut, in meinen niederträchtigen Gelüsten entlarvt. Er erspart mir gnädiger Weise ein Verhör und sagt nun freundlich lachend:
<Hi bro, come in.> und hält mir die Türe auf.
Wir gehen durch das Wohnzimmer, das einer indischen Accessoireausstellung ähnelt. Senkrecht fallende Perlenschnüre verhängen die Türe zur Terrasse. In flackerndes Kerzenlicht getaucht sehe ich draußen Nalu neben einer fast ebenso hübschen Frau auf dem Ecksofa der halbüberdachten Terrasse. Als Nalu mich sieht steht sie auf und gibt mir rechts und links einen Kuss auf die Wangen. Ich schmolle innerlich, da mir nur einer auf den Mund lieber gewesen wäre. Die Schöne neben ihr stellt sie mir als ihre ältere Schwester Ulani vor, den Bärtigen als ihren Freund Tom. Dann setzen wir uns, ich platziere mich zwischen den beiden Frauen. Nun fühle ich mich wohler,

schon fast in meiner Komfortzone. Tom serviert uns eiskaltes Bier, und wir stoßen an. Wir plaudern oberflächlich über dies und das, glücklicherweise bleibt meine Vergangenheit ausgespart.

Ulani verschwindet kurz und stellt uns dann eine Wasserpfeife in der Größe eines türkischen Minaretts auf den Sofatisch. In das Wasserbehältnis plumpsen Eiswürfel, auf den Rost legt sie Gras. Tom versichert mir, dass auf Maui das beste Gras im Pazifik wächst und sich Maui-Wauwi nennt. Er deutet auf die Büsche hinter sich, die ich zunächst für Schilfpflanzen hielt. Erstaunlicherweise weiß ich, dass ich schon gekifft habe und kenne auch die Wirkung von Gras, erinnere mich aber nicht mehr an irgendein konkretes Erlebnis und habe gehörigen Respekt vor dem Rausch. Ich möchte aber nicht wie ein Abstinenzler wirken und entscheide mich mitzumachen. Nalu versinkt im Sofa neben mir und beobachtet wie Tom das Gras anzündet. Ich taste von den anderen unbemerkt nach ihrer Hand, die neben ihr auf dem Sofa liegt und freue mich, dass sie meinen Druck erwidert. Die Pfeife blubbert, die Glut leuchtet auf und Toms Brustkorb weitet sich. Dann reicht er Nalu den Schlauch weiter. Lange später atmet er aus wie ein Dampfkessel während ich an die Reihe komme.

<Das wird von deinem Anteil im Paradies abgezogen!>, droht mir Tom mit ernstem Gesichtsausdruck.

Ich versuche wie er, einem Apnoetaucher gleich, einen maximal tiefen Zug zu nehmen. Dann lehne ich mich zurück und spüre ein zunächst sanftes Pochen in meinen Lungen, das sich in meinem ganzen Organismus ausbreitet, stärker und stärker wird und nun auch meinen Kopf heftig pulsieren lässt. Bedenken schießen mir durch den Kopf, was passiert hier mit mir wenn die Wirkung sich

noch mehr verstärkt und ich irgendwann völlig die Kontrolle verliere?
Der Dämon hat von mir Besitz ergriffen.
Als mir der Schlauch das nächste Mal angeboten wird, lehne ich ihn dankend ab. Ich blicke sprachlos und verängstigt wie ein Kaninchen in die das Zeremoniell weiter ausführende Runde. Ich rede mir ein, bei vertrauenswürdigen Menschen zu sein und beruhige ich mich langsam. Dann rutsche ich tiefer in meine Sofafestung und schaue selig in den sternenübersäten Nachthimmel. In mir keimt ein wunderbares Gefühl der Einigkeit auf und ich könnte nun alle um mich herum drücken, selbst den bärtigen Tom, demgegenüber ich zunächst keine große Sympathie empfand. Wahrscheinlich grinse ich wie senil vor mich hin und verstehe auch nur die Hälfte des Gespräches, das um mich herum stattfindet. Als ein spatzengroßer Nachtfalter todesverachtend im Sturzflug vor Ulani abdreht, an meiner Stirn aufschlägt und ich panisch wie ein Schulmädchen fuchtele, überkommt die anderen ein solch schallender Lachanfall, dass Nalu Tränen über das Gesicht laufen. Wie von einem Virus werde auch ich angesteckt, kann nicht mehr aufhören und pruste bis zur Erschöpfung.
Später verabschieden sich Ulani und Tom herzlich, Nalu bringt sie zur Tür.

Als sie auf mich zukommt, stehe ich rücklinks an die Terrassenbrüstung gelehnt. Ich schaue auf ihre leicht geöffneten Lippen, deren Schwung so sinnlich anmutet. Stumm steht sie vor mir, schaut mir in die Augen und berührt mich nur mit ihren vorstehenden Brüsten. Ich spüre ihren wohlriechenden Atem und kann den Wunsch sie zu küssen kaum noch zügeln. Endlich drückt sie ihre

Lippen auf meine, legt mir die Arme um den Hals und drängt mir mit ihren Körper entgegen. Ihre Zunge spielt mit meiner, erst vorsichtig, dann leidenschaftlich und fordernder. In meinem Kopf beginnt sich alles zu drehen. Ich versinke in einem Strudel aus Rausch und Verlangen und lasse mich gehen, streichele ihre Brüste und ihren wunderbaren Hintern. Irgendwann hebe ich sie auf die Brüstung und schiebe ihr Kleid hoch. Als ich den schmalen Slip zur Seite ziehe, merke ich wie feucht sie ist. Ich dringe in sie ein während ich sie weiter Küsse. Sollte ich sie nach Verhütung fragen, schießt es mir kurz durch den Kopf, ich verdränge aber den Gedanken. Erst bewege ich mich langsam, fühle mich so elektrisiert, dass ich den Moment dehnen will. Ihr zunächst leises Seufzen in dieser hohen Tonlage nahe meines Ohres das sich in ein lang anhaltendes, lautes Stöhnen steigert, erregt mich maßlos. Dann umfasse ich ihre Schenkel, drücke sie an die angrenzende Wand und nehme sie voller Begierde. Ich glaube, wir kommen gleichzeitig, ich in einer Dauer und Intensität, dass meine Knie zittrig werden. Dann taumeln wir zum Sofa, ziehen uns vollständig aus und lassen uns fallen. Ermattet liegen wir auf dem Rücken und starren wortlos in die dunkle Nacht. Zärtlich kuschelt sie sich an mich und knabbert an meiner Halsbeuge.
<Hätte ich dich nach Verhütung fragen müssen?>, meldet sich mein schlechtes Gewissen.
<Hättest du grundsätzlich, aber es ist alles OK.>, antwortet sie liebevoll schmusend, und mir fällt ein Stein vom Herzen. Ich habe das Gefühl mich zu verlieben und möchte es ihr eigentlich mitteilen. Alles an ihr ist so anziehend. Dann aber denke ich, wozu Dinge ansprechen und komplizieren, die sich sowieso von selbst ergeben. Später beginnt Nalu zu erzählen von dem Berg Haleakala,

auf dem wir uns gerade befinden. Er hat eine große Bedeutung für ihr Volk und heißt „das Haus der Sonne" in ihrer Sprache. Er ist über 3000m hoch und nimmt fast die ganze Fläche Mauis ein. Besondere Schwingungen sollen von ihm ausgehen, manchmal grummelt er leise. Laut einer Sage soll der Halbgott Maui die Sonne dort eingefangen haben.
Ich lausche lange still und beobachte ihr Gesicht dabei.
<Hörst du mir überhaupt zu?>, fragt sie plötzlich unvermittelt, ihren Fluss unterbrechend.
<Ich genieße den Moment, für mich könnte er ewig währen. Wenn ich nichts entgegne dann nur, weil ich dir interessiert zuhöre.>, erwidere ich völlig entspannt.
<Das ist selten, die meisten Menschen lieben es, über sich zu reden.>
<Ich habe nicht viel präsent, was ich dir erzählen könnte. Ich versuche mehr über mich zu erfahren und lerne unter anderem, indem ich dir zuhöre. Ich mag dich und bin neugierig, alles von dir zu erfahren.>
<Sollst du, aber nur wenn du mir sagst, wenn ich zu geschwätzig werde.>, entgegnet sie schon freundlicher.
Ich streichle ihren Rücken und küsse ihren Nacken, etwas später frage ich sie: <Erzählst du mir von deiner Familie?>
<Meine Schwester hast du ja schon kennengelernt, ich habe noch einen sehr eifersüchtigen Bruder, Steve, der älteste von uns dreien, er wohnt auf der Ranch meines Vaters auf der Ostseite der Insel nahe Hana. Meine Mutter ist Festlandamerikanerin und deutlich jünger als mein Vater. Sie hat für unsere intellektuelle Entwicklung gesorgt. Mein Vater betrachtet uns als „Kanaka Maoli", also als echte Hawaiianer und hat versucht, uns gemäß der hawaiianischen Tradition zu erziehen. Er ist sehr stolz auf unsere Kultur und will sie nicht vergessen sehen. Er ist mit

uns Fischen und Surfen gegangen, hat uns mit unserer Vergangenheit vertraut gemacht und uns gezeigt, unsere wunderbare Natur zu lieben. Er hat uns gelehrt, stolz auf unsere hawaiianische Wurzeln zu sein. Durch ihn habe ich erkannt, was mir wichtig ist. Wir haben hier alles auf den Inseln, weit mehr als das, was zum Überleben nötig ist. Wir brauchen eigentlich all das nicht, was Menschen in Chicago oder Berlin produzieren um zu Leben und glücklich zu sein. Das ständige Schaffen, losgelöst von seinem ursprünglichen Zweck der Existenzsicherung, das bei euch unreflektiert zum Selbstzweck wird versuche ich zu vermeiden.>
<Aber du fährst auch Auto und isst Brot, wie bezahlst du das?>, unterbreche ich sie vielleicht zu festlandspragmatisch.
<Wenn du hier Land hast, was hier früher jeder hatte auch ohne Eigentumsurkunde, dann baust du dir ein Haus, ohne Heizung und Klimaanlage. Du züchtest in deinem Garten Gemüse und Obst, du kannst dich bequem von 2000m2 ernähren. Alles wächst hier von allein im Überfluss. Du brichst einen Ast ab, steckst ihn in den Boden und schon hast du eine neue Pflanze. Düngen und Wässern ist hier nicht nötig. Mein Vater hat mir das Grundstück geschenkt, auf dem mein Haus steht. Das Meer ist voller Fische, daher bekommst du deine Proteine. Es ist immer warm, fast zu warm für Kleidung. Einen Kleiderschrank für drei Shorts und Shirts zu haben ist überflüssig. Das bisschen Geld, das ich sonst noch brauche, verdiene ich leicht durch Handel mit diesem und jenem.>
<Was heißt das?>, frage ich interessiert.
<Ich gehe fischen und versorge das ganze Dorf gleich mit. Ich ernte Gras und habe was über. Ich mache gelegentlich Inselführungen und gebe Meditationsunterricht.>,

entgegnet sie etwas genervt, mir überholte traditionelle Vorstellungen vom Broterwerb unterstellend.
<Gibt es eine hawaiianische Mentalität, etwas, was euch von den Zugezogenen unterscheidet?>
<Ich glaube schon, positives wie negatives. Du bist dabei es kennenzulernen. Du weißt, dass wir stolz sind Polynesier* zu sein? Sagt dir „Aloha Spirit" etwas? Das ist der Geist in dem wir versuchen hier zu leben. Aloha ist Gruß und Abschied zugleich und heißt soviel wie „in Liebe". Hast du einmal den Haka Kriegstanz der neuseeländischen Rugbynationalmannschaft gesehen? Die Urbevölkerung Neuseelands sind Maori und die sind auch Polynesier. Auch das sind meine Wurzeln!>, spricht sie und beißt gleichzeitig so fest in meine Brustwarze, dass ich aufschreie.

In der anschließenden Schlacht kämpft sie wild wie eine Löwin, ich habe ihre Stärke unterschätzt. Sie hat etwas Animalisches. Sie tritt und beißt und ich habe Angst sie zu verletzen. Aber sie scheint auch den wütenden Kampf zu mögen, vielleicht erregt er sie. Wir ringen miteinander bis ich mit den Knien auf ihrem Bizeps sitze. Ihr Brustkorb hebt und senkt sich, ihr Gesicht ist verzerrt und sie riecht nach Schweiß. Der Druck meiner Knie muss auf ihren Armen schmerzen und doch windet sie sich immer noch unter mir. Also halte ich ihr zunächst mit einer Hand den Hals fest, so fest, dass ich ihr die Atmung erschwere. Sie wirft immer noch ihren Kopf hin und her, versucht zu beißen und bäumt sich auf. Doch ihre Verteidigung wird schwächer, ihr Geschrei geht unmerklich in ein Stöhnen über, sie scheint ihre Wehrlosigkeit zu genießen. Mit der anderen freien Hand greife ich ihr in den Schritt, ihr Schamhügel drängt sich mir entgegen. Ich fasse sie hart an und merke doch, dass sie genau das sucht.

Ich habe das Gefühl ein neues Spiel zu spielen, in eine Welt vorzustoßen, die ich bisher noch nicht kannte. Es befremdete mich zunächst, aber ich gehe mehr und mehr in meiner Rolle auf.
Niels ist vergessen, jetzt bin ich Ed, ihr strenger Herrscher. Nalu muss jetzt dafür büßen, dass sie ungezogen war und sie scheint auch Strafe zu erwarten. Bevor sie kommt lasse ich sie los und zwiebele nun gemein ihre Brustwarzen. Ich nehme den festen, abstehenden Nippel zwischen Daumen und Zeigefinger, ziehe und drehe ihn hin und her, erst die eine Brust, dann die andere. Das macht sie rasend, ich habe Angst, dass ihr Geschrei die Nachbarn ins Spiel ruft. Also packe ich sie fest an den Schultern und drehe ich sie auf den Bauch. Dann greife ich ihr in den Haarschopf und drücke sie rücksichtslos in das Kissen. Ich kann es mir nicht verkneifen, sie ein paarmal auf den verschwitzen Hintern zu schlagen, der so prall und verlockend ist. Ihr junges Fleisch ist so fest, dass es nur leicht vibriert. Auch das scheint ihr zu schmecken, denn sie kippt das Becken und streckt mir ihren Po noch weiter entgegen. Also spanke ich härter und härter, es klatscht laut bis sich rote Stellen zeigen. Ich kann mich nicht mehr zügeln und dringe von hinten schonungslos in sie ein. Jetzt vögele ich sie hart und egoistisch. Sie beginnt am ganzen Körper zu zittern, erst leicht, dann immer stärker und kommt schließlich vehement. Ihre Schreie ersticke ich im Kissen. Ihr Orgasmus nimmt mich mit, ich komme auch und bleibe auf ihr liegen, bis der Pulsschlag sich senkt und alle Spannung unsere nassen Körper verlässt. Ihre Gesichtszüge glätten sich und nichts erinnert mehr an den Maorikrieger, der auch in ihr steckt.

Kurze Zeit später steht sie auf, ohne noch etwas zu sagen und geht ins Haus. Ich höre sie duschen und warte noch ein paar Minuten, bis ich ihr folge. Ich fühle mich ein wenig fremd bei ihr und weiß nicht, ob ich hier übernachten soll. Als ich in ihr Zimmer durch ihre offen stehende Türe trete, liegt sie schon im Bett und stellt sich schlafend. Es schien klar für sie, dass ich heute Nacht nicht mehr nach Hause fahren werde. Eine Diele knarrt unter meinen Füßen und sie murmelt, ohne sich umzudrehen: <Hast du es schon mal so gemacht?>, wobei die Betonung auf „so" lag.
<Nicht dass ich wüsste>, antworte ich ehrlich und belustigt über die Ironie meiner Situation. Dass ich meinem Schicksal mittlerweile etwas Humorvolles abgewinnen kann, empfinde ich positiv.
<Und was ist mit dir?>, gebe ich die Frage zurück.
<Sicher nicht, aber es gefiel mir. Ich träume viel von Sex, manchmal waren da solche Phantasien...>, antwortet sie etwas verschämt.
<Stimmt, wenn ich so nachdenke, geträumt habe ich auch schon in dieser Richtung. Ich muss zugeben, ich denke zu viel an Sex, glaube ich.>
Daraufhin entgegnet sie: <Ich glaube, zu viel gibt es nicht, ich las einmal vielleicht richtigerweise, eigentlich geht es immer um Sex, außer beim Sex, da geht es um Macht! Das gab mir zu denken. Schlaf jetzt, wir gehen morgen früh Fischen, OK?>
<Ich bin dabei!>, flüstere ich ihr ins Ohr und gebe ihr noch einen Kuss auf die Wange.
Der Mondschein wirft ein gespenstiges Licht in den Raum. Ich bin noch aufgedreht, kann nicht schlafen und lasse meinen Blick durch ihr Schlafzimmer schweifen.

Ihre Einrichtung ist einfach, wahrscheinlich hat sie einige Stücke aus zweiter Hand auf Märkten erstanden. Meine Aufmerksamkeit erregen zwei Skulpturen, die aussehen wie steinerne, graue Schachfiguren. Sie stehen auf dem Boden und ragen über hüfthoch wie Wächter in den Raum. Ihre Körper sind nur angedeutet und zylindrisch, ihre Köpfe wirken überdimensioniert und schauen gerade in den Raum. Der Gesichtsausdruck erscheint mir zunächst völlig gleichförmig, doch irgendwann meine ich einen zornigen und bösartigen Ausdruck zu erkennen. Ich steigere mich in das Gefühl hinein, von ihnen wie von Wächtern beobachtet und kontrolliert zu werden. Und dann fällt mir, ein woher ich die Statuen kenne. Es sind Moai, die Götter der polynesischen Osterinseln, die wahrscheinlich einst dem Totenkult dienten. Ich frage mich, wieso sie ihr Schlafzimmer nicht freundlicher dekoriert.
Es gruselt mich ein wenig, ich stehe leise auf und gehe ins Bad. Dort im hellen Licht verdränge ich meine düsteren Einbildungen. Die Seife am Waschbecken liegt in einer halben Muschelschale, eine Franchipaniblüte steht in einem Eierbecher und ein Strandfoto klemmt oberhalb des Spiegels. Als ich genau hinschaue, sehe ich in der Gruppe dunkelhäutiger Nalu und auch Ulani, alle Arm in Arm. Ich vermute, die anderen sind auch Familienmitglieder, bestimmt ist der ältere ihr Vater. Welch eine Idylle so aufwachsen zu dürfen, denke ich mir.
Nachdem ich geduscht habe, lege ich mich leise neben sie. Lange noch beobachte ich ihr schlafendes Engelsgesicht. Gelegentlich zucken ihre Arme und Beine und sie seufzt. Jetzt sieht sie so verletzlich aus, sie scheint kein Wässerchen trüben zu können. Irgendwann schlafe ich ein.

Kapitel 6 Tiefseefischen

Draußen graut der Morgen, der Raum füllt sich mit diffusem Licht und die Vögel zwitschern lauthals während wir unsere Körper ertasten.
Ich genieße ihren morgendlichen Geruch nach Lust. Es macht mir Freude, mein Hirn auszuschalten und tief in die aus grauer Vorzeit in uns schlummernden instinktiven Vorlieben für weibliche Geruchswelten einzutauchen. Ihre Haare duften anders als ihre Brüste, ihre Achselhöhlen anders als ihre Scham. Für den Moment bin ich nur Höhlenmensch, der sich den Verlockungen weiblicher Düfte hingibt. Nalu schmeckt nach frischen, getrüffelten Austern, kommt es mir in den Sinn und ich finde es sehr verführerisch. Morgendlich scheinen alle Synapsen sensibler, fähig alle Sinneseindrücke intensiv und unverfälscht weiterzugeben.
Kaum ist ihr letzter Seufzer verklungen, springt sie auch schon auf und treibt mich aus dem Bett: <Steh auf Süßer, die Fische beißen am besten früh morgens und später wird es windig!>
Das ist mir zu hektisch und unromantisch, aber ich füge mich ihrer Betriebsamkeit. Schnell packt sie ein paar Lebensmittel zusammen, sortiert die Angelausrüstung und legt sie auf die Ladefläche des Trucks.

Kurze Zeit später tuckern wir schon mit ihrem grünen Panzer in Richtung Hana. Wir frühstücken im Auto während ich von ihrem Bett träume. Noch ist kaum ein anderes Fahrzeug unterwegs. Weit unten am Fuß des Berges sehen wir die Küste, später fahren wir in

Serpentinen durch dichten Dschungel. Manchmal ist die Straße von Früchten übersäht. Meine letzte Müdigkeit weicht, als wir im Wald auf einem Parkplatz anhalten. Nalu zieht mich hinter sich her, bis ich das laute Platschen von Wasser höre. Vor uns fällt aus großer Höhe ein Wasserfall in ein natürliches Becken. Zu allem Überfluss wachsen Blüten in allen Farben und Formen aus den grünen Ranken um uns herum. Während ich noch staune, hat sich Nalu schon entkleidet und nutzt die natürliche Dusche. Schamhaft ist sie nicht. Ich hoffe, dass keine weiteren Gäste erscheinen, als wir wie Adam und Eva im Wasser planschen.
Kurze Zeit später sitzen wir wieder im Auto und erreichen bald eine kleine geschützte Bucht die uns als Hafen dient. Wir parken vor einem Anhänger, auf dem ein offenes, vielleicht 6m langes Aluminiumboot mit Außenborder liegt. Es gehört ihrer Familie. Wir lassen das Boot zu Wasser, indem wir den Anhänger mit dem Pick-up rückwärts ins Wasser schieben, laden alle Angelutensilien ein und fahren aus der Bucht.

Nun übernimmt Nalu das Kommando in schroffem Ton. Ich steuere auf ihr Geheiß mal nach links und mal nach rechts, während sie kniend auf Deck die Angeln vorbereitet. Ungläubig beobachte ich das zarte Mädchen, das sich gerade in eine professionelle Fischerin verwandelt. Konzentriert arbeitet sie an den Schnüren und Haken. Manchmal nimmt sie ihre Zähne zur Hilfe. Wie ich es genieße, das Spiel von Muskeln und Sehnen unter der dunklen Haut ihres jungen, trainierten Körpers zu beobachten. Im Morgenlicht nimmt ihre Haut einen fast goldfarbenen Ton an. Während sie sich bückt fallen ihre langen ungekämmten Haare vor sie wie ein Vorhang und verfangen sich in den Haken. Sie flucht und reißt daran, zurück bleibt ein schwarzes Knäuel auf Deck.

Wir verlassen langsam das Küstengewässer und sehen den grünen Vulkankegel hinter uns aus dem Wasser ragen. Das Meer ist spiegelglatt, da der Passatwind noch nicht eingesetzt hat. Nur eine langgezogene Dünung hebt und senkt das Boot. Der morgendliche Anblick Hawaiis vom Wasser aus ist eine Postkartenidylle, ich versuche ihn mir einzuprägen.

Nun wirft Nalu die zwei handgroßen, künstlichen Köder über Bord, die dann in einiger Entfernung hinter dem Boot das Wasser pflügen. Die Angeln stehen in Rutenhaltern rechts und links neben dem Außenborder. Jetzt weißt Nalu mich an parallel zur Küste entlang der Riffe zu steuern und erklärt mir meine Aufgabe. Wenn ein Fisch anbeißt, muss ich den Motor anhalten. Ich soll dem Fisch rückwärts nachfahren, falls er zu groß ist und zu viel Leine nimmt. Am Ende ihrer Erklärung fragt sie mich wie ein trotteliges Kind: <Und, hast du das verstanden?>

Ich bin geneigt zu antworten, „Ja, trotz meiner Hirnverletzung kann ich einfache Aussagen verstehen!" und fühle mich von ihr provoziert, mag aber jetzt keinen Machtkampf und erwidere vermeintlich beflissen und ironisch: <Aye aye, Käpitän!> und zeige ich ihr dabei den Kapitänsgruß.

Wir bewegen uns einige Zeit weiter ostwärts. Ich lasse meinen Blick in die Ferne über das ruhige Meer schweifen, während Nalu wie ein Raubtier gespannt ihre Angeln bewacht. Weit entfernt beobachte ich, wie einige Rückenflossen das glatte Wasser schneiden und frage mich, welche Meeresbewohner das wohl gewesen sein mögen. Sie tauchen zyklisch immer wieder auf, kommen näher und nun höre ich, wie sie geräuschvoll Luft ausstoßen. Daran erkenne ich erfreut, dass es Delphine sind und versuche sie nicht aus den Augen zu verlieren.

Plötzlich kreischt die Rollenbremse* und weckt mich abrupt aus meinem Tran. Eine der Ruten biegt sich wie ein Bogen, der Fisch reißt die Schnur von der Rolle und die Idylle hat ein Ende. Nalu springt auf und reißt die Angel über ihre Schulter nach hinten, um den Haken in das harte Maul des Fisches zu treiben. Dabei schaukelt das Boot bedenklich. Ein Bein stemmt sie gegen die Bordwand, um die Wucht des nun folgenden Fluchtversuches bremsen zu können. Das Ende der Rute steckt sie in die Öffnung ihres Bauchgurtes, trotzdem schafft sie es kaum mit beiden Händen die Angel festzuhalten. Um nicht über Bord gerissen zu werden, setzt sie sich auf den Kampfstuhl und gurtet sich an. Ich befürchte, dass der Fisch, welcher Gattung er auch immer angehört, weit größer ist als erwartet. Sie schreit mich an, die andere Angel einzuholen um ihren Drill* nicht zu behindern, was ich sofort erledige. Danach beobachte ich den Kampf, wie der Zuschauer einer Gladiatorenarena.
Ihr vorher ebenmäßiges Gesicht verzieht sich zu einer Fratze, sie fletscht ihre Zähne, ihre Augen glühen, ihr schwitzender Körper scheint geölt wie der eines Boxers. Ihre Umgebung ist vergessen, jetzt gehört alle Aufmerksamkeit der Jagd, wahrscheinlich genauso wie schon ihre Urahnen fischten. Ich meine den archaischen Willen zu töten in ihre Gesichtszügen zu sehen.
Sie macht mir Angst.
Dann schreit sie mich an: < Jetzt fahr dem Fisch nach, er nimmt zu viel Schnur, schnell, mach schon!>
Ich zucke zusammen und versuche ihrem Befehl hektisch nachzukommen. Und plötzlich sehe ich ihn, den großen

Körper eines Thunfisches, der mit einem Sprung aus dem Wasser schießt und mit dem massigen Schädel in der Luft schlägt, um den Haken loszuwerden. Obwohl wir rückwärts dem Fisch halb nachfahren, halb gezogen werden, reißt er noch immer Schnur von der Trommelbremse. Auch scheinen Nalus Kräfte nachzulassen. Schließlich taucht der Fisch senkrecht nach unten ab. Nalu versucht mit pumpenden Bewegungen Meter für Meter zurückzugewinnen, doch irgendwann verlassen sie die Kräfte, und ich übernehme die Angel.
Ich werde im ersten Augenblick bei der Übergabe fast über die Bordwand gerissen. Dann sitze ich festgegurtet im Kampfstuhl wie ein Jetpilot. Alles um mich herum verschwindet, jetzt existieren nur noch er und ich. Jede seiner Bewegungen spüre ich durch die uns verbindende Schnur. Meine Muskeln beginnen zu schmerzen, aber ich gewinne immer wieder Meter für Meter Schnur nach jedem Fluchtversuch zurück. Ich will ihn besiegen, den Kampf gewinnen. Als ich ihn dann zum ersten Mal nahe der Bordwand Auge in Auge zu Gesicht bekomme, geht mir sein Blick durch Mark und Bein. Ich empfinde soviel Respekt vor diesem großen, silberblauen Wesen, dem ich nun, da sich der Kampf dem Ende neigt, am liebsten die Freiheit schenken würde. Sein Schwanzschlagen an der Oberfläche zeigt Ermüdung, seine Kräfte schwinden sichtlich. In Nalus Hand sehe ich ein Gaff. Das Instrument besteht aus einem Stiel und einem Fleischerhaken am Ende. Seine Funktion ist grausam selbsterklärend. Sie brüllt mir weiter Befehle zu und versucht den Fisch zu erreichen, während ich ihn mit pumpenden Bewegungen zum Boot ziehe. Dann taucht er ein letztes Mal verzweifelt ab, ich ziehe ihn zurück, bis er fast bewegungslos auf der Seite parallel zum Boot liegt.

Seine Länge beträgt fast 2 Meter.
Nalu entschließt sich den Fisch doch erst mit der Machete zu töten, bevor sie ihn über die Bordwand zieht. Also rammt sie ihm noch im Wasser liegend die Machete ins Herz oberhalb der Brustflosse. Im Todeskampf bäumt sich der Fisch noch einmal verzweifelt auf, alles spritzt voll Blut und Wasser, als er mit seinem Schwanz wild gegen die Bordwand peitscht. Das Wasser um das Boot färbt sich rosarot. Dann weicht die Kraft und das Leben aus ihm. Nalu hackt ihm das Gaff in den Kiefer, und wir hieven den noch zuckenden, fast 100 Kilogramm schweren Körper zusammen an Bord. An Deck bilden sich Blutlachen, es sieht aus wie ein Massaker an einem Kriegsschauplatz.

Ich übernehme das Ruder, als wir zurückfahren. Meine Hände zittern, und ich bin wie unter Schock. Nalu beginnt den Fisch auszunehmen, und ich beobachte sie dabei. Sie ist bester Laune und plappert fröhlich vor sich hin, während sie ihm, der gerade noch König des Wassers war, den Bauch mit der Machete aufschneidet. Wie kann es sein, dass sich seine Farbe so schnell verändert, frage ich mich. Die kräftigen, schillernden Blautöne weichen mit dem Tod zusehends einem blassen, silbrigen Glanz. Sie greift in seine Eingeweide bis zu den Ellenbogen, analysiert noch kurz seinen schleimigen Mageninhalt und wirft die ganze dunkelrote, schlabbrige Masse über Bord. Danach zieht sie die Haut ab, teilt den Körper in große Blöcke, spült sie ab, und packt sie in Plastiktüten. Vom letzten Block tranchiert sie zwei dünne Scheibchen ab, schiebt sich eins genüsslich in den Mund und hält mir das andere mit ihrer roten, klebrigen Hand entgegen.
Sie bemerkt stolz: <Besser und frischer als in jedem Sushi Restaurant, magst du ein Stück unserer Beute?>

Ich lehne dankend ab und betrachte sie mit einer Mischung aus Bewunderung und Ekel.
Freudig isst sie mein Stück und sagt:
<Vegetarier heißt im indianischen so viel wie erfolgloser Jäger!>
Nach vollendeter Arbeit sieht sie aus wie eine wahrhafte Kriegerin im Blutrausch. Ihre Arme sind rot bis fast unter die Achseln und ihr hellblaues Top klebt durch das Blutwassergemisch auf ihren Brüsten.
Im Gegensatz zum Rotwein erzeugt das fischige Blut jetzt keine erotischen Gefühle in mir, es stößt mich ab.

Ich versuche mir klarzumachen, was ich gerade erlebte. Eine Hawaiianerin fing einen großen Fisch, ähnlich wie tausende Jahre zuvor ihre Vorfahren, um ihn zu essen und zu verkaufen. Dass ich scheinbar so denaturiert bin, diesen Existenzkampf als grausam zu empfinden, scheint an meinem bisherigen Leben zu liegen. In dem wurde wahrscheinlich die Nahrungsbeschaffung zwischen Supermarktregalen nicht mehr so blutig erlebt und nur noch das fertige Produkt gesehen.
Der Kampf an sich machte mir Spaß, das muss ich mir eingestehen. Ich konnte meinen Jagdtrieb ausleben, als ich die Angel in der Hand hielt. Wollte ich den Fisch nicht auch töten, als ich ihn noch nicht sah? Mein Mitleid mit dem Fisch hat etwas mit seiner stattlichen Größe zu tun. Eine Makrele hätte ich wohl kaum so bedauert. Welch ein gnädiger Luxus eines Städters, Mitleid mit der edlen Kreatur zu haben. Und warum vermute ich, dass die Seele eines Menschen, der ursprünglicher mit der Natur lebt und kämpft, auch härter gegenüber Menschen sein kann? Doch nur, weil ich mir das Erbarmen besser leisten kann und daher den Fisch freigelassen hätte.

Nalu legt mir ihre klebrige Hand auf den Arm und lächelt mich glücklich mit ihren weißen Zähnen an:
<Du hast mir Glück gebracht, das war heute einer der größten Thunfische den ich je gefangen habe. Der bringt viel Geld und ein feines Abendessen. Hat es dir Spaß gemacht?>
<Es hat mich auf jeden Fall beeindruckt, und ich freue ich schon auf das Essen.>, antworte ich wohl etwas zu sachlich.
Das war es nicht, was Nalu hören wollte.

Auf der Rückfahrt zur Anlegestelle arbeitet sie stumm an ihrer Angelausrüstung. Nachdem wir angelegt haben, springt sie einfach mit ihrer Kleidung ins warme Wasser und wäscht sich. Nach dieser kurzen Prozedur ist sie wieder die süße Südseeperle. Ihre Haare sind nass und glänzen, sie sieht wieder bezaubernd aus. Nachdem die Kleidung an ihrem Körper getrocknet ist, sind fast alle Spuren beseitigt.

Auf der Heimfahrt herrscht im Auto gespannte Stille bis ich sie frage:
<Wäre es dir lieber, wenn ich dich anlüge? Ich brauche etwas Zeit um das Erlebnis zu verarbeiten, ich habe noch nie einen so blutigen Kampf erlebt. Ich scheine bisher kein Jäger, Angler oder Metzger gewesen zu sein.>
Nach einiger Zeit antwortet sie offensichtlich enttäuscht von mir:
<Du hast recht, wie kann ich von einem europäischen Städter erwarten, dass er sich mit meinem Leben anfreundet? Schade, statt einem uns verbindenden gemeinsamen Abenteuer gibt es einen Zuschauer und eine primitive, begaffte Insulanerin. Wir sollten realisieren, dass es zwischen uns nicht mehr als guten Sex gibt. Ihr Haoles*

trinkt lieber Kaffee, beobachtet und schießt Fotos von anderen, statt selbst am Leben teilzunehmen. Irgendwann realisiert ihr, dass ihr außer Cappuccino zu trinken nichts erlebt habt. Wie traurig ist das. Ich hatte gehofft, dass du anders bist, dass du Teil meines Lebens werden kannst. Deshalb habe ich dich heute mitgenommen. Ich habe mich wohl in dir getäuscht.>
Ich lasse mir etwas Zeit nachzudenken und frage mich, was mir unsere Beziehung bedeutet. Ich schaue zu ihr hinüber und weiß, dass ich mit Nalu keine Langeweile im Leben erfahren würde. Sie steht zu sich und ihrer Natur und ist eine starke Frau. Da ist etwas zwischen uns, was über unsere körperliche Anziehung hinausgeht und eine Chance hat, sich zu tieferen Gefühlen zu entwickeln. Aber es hat sich auch etwas in meinem Bild von ihr verändert. Ich habe mehr und mehr das Gefühl, mit einer Wilden zusammen zu sein. Allerdings erstaunt es mich auch, ihre Natürlichkeit als so befremdend zu erleben. Vielleicht befürchte ich unterbewusst, dass sich ihre Natur auch als grausam mir gegenüber entpuppen kann. Ich muss mir klarer über mich und über uns werden und verstehen, warum meine Ratio Erlebnisse so anders auffasst, als mein Gefühlsleben sie einfärbt.
Um uns näher zu kommen, brauchen wir mehr Zeit.
Ich möchte sie nicht beleidigen und verlieren, daher wähle ich meine Worte sorgfältig und antworte ihr verspätet:
<Gut, ich bin hier und heute Zuschauer in deinem Leben. Ich finde es sagenhaft spannend und wünsche mir viel mehr davon kennenzulernen. Dich beim Fischen zu beobachten war das eine. Selbst die Angel in der Hand zu halten war etwas völlig neues für mich. Ich wusste gar nicht, dass ich auch diesen Jagdtrieb in mir habe. Danke für dieses aufregende Erlebnis! Mein Problem ist, dass ich

ständig das Gefühl habe, die Dinge zum ersten Mal zu erleben. Ich muss mich immer wieder öffnen und überwinden, um mich selbst kennen zu lernen. Das ist eine Herausforderung für mich, ich bin viel mit mir selbst beschäftigt, daher bin ich manchmal nicht einfühlsam genug...>
Hier mache ich eine Pause, bevor ich fortfahre:
<Sicher ist, dass ich dich nicht verlieren will und nicht weiß, was ich zu meinen Gefühlen sagen soll, außer dass du mir sehr wichtig bist in meinem Leben. Also schieb mich nur ab, wenn es für dich nicht mehr als guter Sex ist. Es wird für mich auch langsam Zeit, eine schlechte Erfahrung zu machen.>
Ich meine zu bemerken, dass ihre Augen etwas feucht werden, als sie zu mir schaut. Dann nimmt sie meine Hand, küsst sie und sagt leise: <Sorry.>

Später halten wir bei einigen Restaurants und Geschäften. Bis auf ein gutes Stück Fisch für uns selbst, haben wir den Thunfisch vollständig verkauft. Nalu hat ein dickes Bündel Geld in der Tasche und strahlt wieder über beide Wangen. Wir fahren in ihre Einfahrt, schaffen es schon nicht mehr die Türe hinter uns zu schließen und vertragen uns stürmisch im Bett.

Wir trinken bei der Zubereitung des Abendessens kalten Weißwein und Nalu erklärt mir während sie unser Sashimi appetitlich aufschneidet:
<Das muskulöse Rückenfleisch des Fisches heißt bei den Japanern Maguro und ist fast rubinrot, da es wenig Fett besitzt. Das Bauchfleisch, das eher rosarot und durchwachsen aussieht, heißt Toro. Es ist fetter, intensiver

im Geschmack und schmilzt fast auf der Zunge, für den Kenner die bessere Partie.>
Zum Vergleich lässt sie mich von beiden ein kleines Stück kosten. Mir schmeckt auch der Bauch besser, stelle ich fest, obwohl der Rücken verlockender aussieht.
Dann erzählt sie von verschiedenen Thunfisch,- und Schwertfischgattungen und den Kämpfen, die sie mit ihnen auf dem Meer erlebt hat. In diesem Augenblick kann ich mir nichts Schöneres vorstellen, als diesen Menschen an meiner Seite zu haben. Ich umfasse sie von hinten, rieche an ihren Haaren und genieße ihre warme Haut und unsere Nähe. Ich will sie nicht mehr loslassen. Danach wandern meine Hände über ihren flachen Bauch. Wie ich dieses Gefühl liebe, sie zu ertasten, diese Ebene vom Bauchnabel abwärts die schließlich in den Schamhügel übergeht.
<Warum bleiben wir nicht zusammen, ich lasse meine Vergangenheit vergangen sein und bleibe hier...>, murmele ich selig in ihr Ohr.
Im nächsten Augenblick wird mir klar, was ich da gerade aus einer Gefühlsanwandlung gedankenlos ausgesprochen habe und frage mich, ob ich nicht besser zurückrudern soll. Dafür ist es zu spät, denn schon antwortet sie, während ich noch hinter ihr stehe:
<Das sind große Worte, die du sagst und ich weiß das zu schätzen. Ich habe von meinem Vater gelernt, wie wichtig meine Tradition für mich und mein Volk ist. Ich kann mir heute schwer vorstellen woanders als hier zu leben, wobei ich noch nicht viel von der Welt gesehen habe. Ich weiß kaum mehr von deiner Heimat, als dass sie kalt, grau und ziemlich verbaut sein soll. Daher leben die Menschen anders, als hier auf den Inseln. Du erinnerst dich jetzt nicht mehr an dein zu Hause, aber deine Gefühle, deine Wünsche und Träume haben sich wahrscheinlich nicht

geändert. Du entstammst eurer Kultur und so bist du tief in dir. Wirst du dich nicht mit deinen Wurzeln konfrontieren, wird dich deine Vergangenheit eines Tages einholen und in eine Krise stürzen. Mach es lieber jetzt und entscheide dann, wo und wie du leben willst. Ich mag dich sehr, aber kann dir daher nicht sagen, ob wir zusammengehören. Auch wenn es mir jetzt schon sehr schwer fallen würde, dich zu vergessen.>

Kapitel 7 Vergangenheit

Nach dem Abendessen entscheide ich mich schließlich in Deutschland anzurufen. Daher verabschiede ich mich schweren Herzens von Nalu.

Auf der Fahrt durch die Nacht nach Paia kreisen meine Gedanken darum, wen ich anrufen soll. Wahrscheinlich am einfachsten die Nummer unter der Eintragung „Vater". Irgendeine Adresse aus meinem Adressbuch anzurufen um herauszufinden, wer ein guter Freund war, wird mir nicht weiterhelfen. Was habe ich für ein Verhältnis zu meinen Eltern, frage ich mich. Sind sie sehr alt? Vielleicht erschrecken sie sich zu Tode, oder meinen mich sofort abzuholen zu müssen, da sie sich sorgen.
Als ich in meiner Hütte ankomme, habe ich mich für meinen Vater entschieden. Ich setze mich in einen Stuhl, schließe kurz die Augen, konzentriere mich noch einmal wie ein Klippenspringer vor seinem Absprung, räuspere mich und wähle die Nummer mit meinem Mobiltelefon.
Es klingelt.
Nach deutscher Zeit ist es 12 Stunden früher, also morgens 10 Uhr. Der Ton, ein langgezogenes Tüüüüüttüüt klingt so endlos weit weg, er wird durch verschiedene Geräusche gestört, die sich auf den 15.000 km Entfernung bis auf die andere Seite der Erde dazu mogeln. Die Spannung steigt, bis endlich jemand abnimmt. Eine mir unbekannte Stimme einer alten Dame krächzt:
<Kleinmut bei Wagner.>
<Niels Wagner hier, könnte ich bitte meinen Vater oder meine Mutter sprechen?>, frage ich irritiert.

<Ihre Mutter wohl kaum, aber gerne ihren Vater.>, entgegnet offensichtlich verblüfft die Dame mit Angestelltengehorsam. Dann höre ich im Hintergrund die Dame meinen Vater rufen:
<Ihr Sohn, Herr Wagner.>, hallt es und ich frage mich, warum die Dame wohl kaum meine Mutter rufen kann. Ob sie schon gestorben ist?
Ich warte und lausche gespannt seinem Schritt, der sich mühselig von weither auf knarzigem Holzboden nähert. Er greift zum Hörer und meldet sich mit der tiefen und schon kurzatmigen Stimme eines recht alten Mannes.
<Niels, mein Sohn, ich habe mir schon Sorgen gemacht. Endlich meldest du dich, wie geht es dir?>, stößt er in einem Atemzug aus.
Seine Stimme ist mir völlig unbekannt. Trotzdem empfinde ich den beklemmenden Drang ihn jetzt zu sehen und zu drücken, meinen Erzeuger, der mich „mein Sohn" nennt, um den Muff seiner Wollpullover zu riechen. Seine Vertrautheit und meine Fremdheit verwirrt mich vollends. Also antworte ich, um meine Gedanken zu ordnen und Zeit zu gewinnen:
<Gut gut, gestern bin ich viel gesurft, es war herrlich.>
<Deine Firma scheint im übrigen auch ohne dich zu laufen, ich habe nichts negatives von deinen Mitarbeitern gehört>, meint er mir mitteilen zu müssen, <Aber Pet ruft immer noch gelegentlich an und fragt nach dir, sie kann sich scheinbar nicht mit eurer Trennung abfinden.>
Daraufhin folgt eine längere Gesprächspause, da ich nicht weiß, was ich dazu sagen soll. Muss ich ein schlechtes Gewissen haben?
Daher frage ich ihn höflich, wie man so fragt, wenn man mit seinen Eltern spricht:
<Wie geht es dir denn so?>

Fast prognostizierbar kommt die Antwort:
<Mal so, mal so, mir fehlt deine Mutter und meine Knie machen mir zu schaffen. Aber sag, wann denkst du denn dich mal wieder hier blicken zu lassen?>
Ich bin überfordert, will ihn nicht enttäuschen und bringe nur hervor: <Ähm... ich weiß noch nicht...>
Daraufhin fragt er besorgt: <Niels, ist alles in Ordnung mit dir?>
Ich stammle, beginnend mit der formalen Anrede Vater, da ich nicht weiß, ob ich ihn früher mit Papa oder seinem Vornamen angesprochen habe:
<Vater, ich..., ich habe ein kleines Problem. Ich hatte einen Unfall. Keine Sorge, mir geht es wieder gut, ich habe weiter keine Verletzungen, aber ich habe mein Gedächtnis verloren. Meine komplette Vergangenheit ist ausgelöscht, ich erkenne nicht einmal deine Stimme wieder...> Fast hätte ich gesagt, ich kenne dich nicht mehr, besinne mich aber im letzten Moment und fahre fort:
<Du brauchst dir keine Gedanken zu machen, die Ärzte sagen, meine Erinnerung kehrt bestimmt bald zurück.>
Ich höre ihn auf der anderen Seite schwer mit seinem Atem ringen und bekomme Mitleid, ich will ihn schon bitten sich zu setzen, da entgegnet er:
<Solltest du dich dann nicht schnellstens zurück nach Deutschland begeben, hier gibt es bestimmt bessere Ärzte?>
Gedanken rasen durch meinen Kopf. Wie kann ich ihm beibringen, dass ich jetzt nicht zurückkommen will? Und wie nehme ich ihm seine Ängste, ohne ihn zu verletzen?
<Vater, ich habe mich entschlossen, ich werde noch etwas hier bleiben. Bitte regele das wichtigste für mich zu Hause, mach dir keine Sorgen, ich melde mich in Kürze wieder.>

Daraufhin entgegnet er:
< Hast du denn alles, ich könnte dir jemand vorbeischicken der dir hilft?>
Schnell antworte ich: <Ich brauche keine Hilfe, danke für dein Angebot. Ich habe Kreditkarten, ich kann mir alles kaufen, was ich benötige. Bitte lasse mir etwas Zeit. Ich melde mich bald. Bis dann.>
Mit klopfendem Herzen drücke ich auf die rote Taste, ohne eine weitere Antwort abzuwarten.
In meinem Kopf strudeln die Gesprächsfetzen, ich werfe ich mich auf mein Bett und versuche mir aus all dem ein Bild von meinem Zuhause zu machen. Seine tiefe Stimme hallt noch in meinen Ohren. Mein Vater ist ein alter Herr, der mit einer knochigen Haushälterin in einem Haus mit Holzdielen lebt... bestimmt in einer alten Jugendstilvilla mit Rosengarten, wie seine Straße schon verheißt. Es gibt dort hohe Decken und einen Flügel, denke ich mir. Meine Mutter scheint es nicht mehr zu geben, was mich erschreckend kalt lässt. Ich scheine ihm viel zu bedeuten und der Gedanke, dass mich jemand vermisst, auch wenn ich ihn nicht kenne, erzeugt eine gewisse Geborgenheit und diffuse Freude in mir. Ich habe nicht mehr das Gefühl ganz allein auf der Welt zu sein, ich habe immerhin eine Familie.
Das meine Firma eine Zeit lang auch ohne mich läuft, lässt mir Zeit und finanziellen Spielraum.
Offensichtlich habe ich gerade eine Beziehung mit einer Pet beendet, die mir nachtrauert. Ich stelle mir eine etwas pummelige Blondine mit Pagenschnitt vor, die mit verweinten Augen vor ihrem Computer sitzt und sich gelegentlich die Nase schnäuzt. Wahrscheinlich habe ich daher meine Reise alleine gestartet. Ich bin auf einer Art Selbstfindungstrip, um nach einer langen Beziehung ohne

Kinder mit ausreichend Liquidität im Rücken mein Leben noch mal zu überdenken.
Vielleicht hatte ich eine Midlife-Crisis?

Das Klingeln meines Telefons reißt mich aus meinen Gedanken, auf dem Display sehe ich den Namen „Klaus". Ich drücke auf den grünen Hörer und nehme das Gespräch an.
<Hi Niels, mein Lieber>,
tönt eine völlig fremde, aber vertrauenserweckende Männerstimme auf der anderen Seite.
<Was höre ich von deinem Vater, was hast du angestellt?>
Mein Gedächtnis arbeitet auf Hochtouren, aber ich bin beim besten Willen nicht in der Lage irgendeine Assoziation zu dieser Stimme zu finden. Dieser Mensch ist mir genauso fremd, wie die Radiostimme heute Morgen im Auto. Daher antworte ich ihm vielleicht etwas zu brüsk, um nicht diskutieren zu müssen:
<Hi Klaus, deinen Namen kenne ich nur von meinem Display, ansonsten weiß ich nicht, wer du bist. Es tut mir leid, aber ich kann dir nicht mehr als meinem Vater sagen. Mir geht es gut, außer dass ich seit meinem Sportunfall eine Gedächtnislücke habe. Bitte gib mir etwas Zeit, alles wird sich regenerieren. Ich melde mich, wenn ich Hilfe brauche. Danke für deine Nachfrage und bis dann.>
Schnell unterbreche ich das Gespräch, um mich nicht vor ihm noch dafür rechtfertigen zu müssen, dass ich jetzt nicht heimkehren will. Sekunden später schellt es noch einmal, ich sehe wieder „Klaus" auf dem Display, lasse es aber klingeln.

Ich brauche noch Zeit, bevor ich mich mit meiner Vergangenheit konfrontieren will. Worüber soll ich mit ihm jetzt reden? Soll ich mich von ihm aufklären lassen, was für ein Typ ich war, welche Jugendstreiche wir zu Hause erlebt haben? Bestimmt nicht... und Mitleid kann ich jetzt auch nicht brauchen.

Zu Hause ist ein rein emotionales Konstrukt. Ist es weg, bist du frei, sage ich mir. Hätte sich der Homo Sapiens jemals freiwillig in Nordeuropa niedergelassen, wenn er die freie Wahl gehabt hätte? Nein, er wurde haarlos und frierend in einer nebeligen, sumpfigen Landschaft geboren, statt in einer sonnigen und warmen. Er konnte dort nicht weg. Irgendwann gewöhnte er sich an das Elend, nannte es zu Hause und begann mit seinen Leidgenossen das Beste daraus zu machen. Der Mensch neigt dazu schließlich die gewohnte Umgebung zu lieben und nennt sie Heimat. Gefragt, warum er nichts an seinem Leben geändert hat, antwortet er meist, er hätte ja nicht die Wahl gehabt.

Während ich einschlafe versuche ich wieder und wieder mir meine Kindheit vorzustellen. Meine Phantasie spielt mir Streiche und irgendwann weiß ich nicht mehr zwischen Traum und Wirklichkeit zu unterscheiden. Es sind Wunschvorstellungen, die sich mit Erinnerungsresten vermischen. Jedenfalls träume ich von einer glücklichen Jugend und schlafe tief und fest.

Kapitel 8 Köln

Brrrr..Brrrr..Brrr.. wie ich das sonore Geräusch meines Weckers hasse. Jeden Morgen um 7.00 reißt es mich aus meinen süßen Träumen. Ich würde, wenn ich könnte, jede Nacht 12 Stunden schlafen. Trotzdem quäle ich mich ins Bad, die Toilette, die Dusche, wie ein Roboter in einer Endlosschleife. Mein Hirn ist noch nicht durchblutet. Erst nach dem Duschen und Abtrocknen vor dem Spiegel kommen die ersten bewussten Signale. Meist unangenehme. Obwohl ich unser Bad liebe. Es ist riesig und perfekt designed. Dann aber blicke in mein blasses Gesicht im Spiegel. Warum sind meine Augen so rot, woher kommen denn diese Fältchen dort? Gnadenlos macht sich das Alter langsam bemerkbar. Ich bin mir fast sicher, dass diese Fältchen gestern noch nicht da waren. Seit der Trennung gehe ich fast jeden Abend aus, ständig neue Leute, Smalltalk, der Alkohol. Vielleicht ist es aber auch die Kneipenluft. Was will ich machen, 32 Jahre gehen nicht spurlos an mir vorbei.
Ich versuche mich wieder aufzubauen, indem ich einen Meter vom Spiegel zurück trete und rede mir ein, dass mein Gesicht auch kein Titelbild mehr schmücken muss, sondern nur mir gefallen muss. Eigentlich tut es das auch. Außerdem ist mein Körper gut in Form, so eine Kontur hat kaum eine Frau in meinem Alter. Bin ich selbstverliebt oder übermäßig eitel, wenn ich mich morgens ausgiebig in meinem bodentiefen Spiegel betrachte? Mein Blick wandert kritisch die langen Beine aufwärts. Mein Hintern hat etwas Zellulitis, das Fitnesstraining gibt ihm aber genug Form, um noch als knackig zu gelten. Jetzt gebe ich

meinem Körper etwas Spannung und bin jetzt auch mit meinem Bauch zufrieden. Der Anblick meiner schmalen Hüfte passt, die Taille könnte ein bisschen schlanker sein und die Brüste fester. Ich betrachte sie kurz und drücke sie mit beiden Händen wie mit einem Push-up hoch zum Dekollete. Jetzt sind sie prall und rosig, mit dem richtigen BH wirken sie auf Männerblicke wie Magneten. Das ist das Wichtigste. Wenn ich weiter so viel für mich tue, sehe ich auch noch mit 40 ganz gut aus, vielleicht auch noch mit 45, wie meine Trainerin.
Nach dem schminken gehe ich in mein Lieblingsrefugium, ich liebe meinen begehbaren Kleiderschrank. Die beste Erfindung nach der des Push-ups. Was ziehe ich denn heute an? Die weißen Jeans? Die bringen meinen Hintern am besten zur Geltung. Dazu das enge rosa Top und natürlich Stilettos. Ich bin zufrieden mit mir heute. Rosa zu roten Locken, gut, das erinnert etwas an Babydoll. Diejenigen, die Brünette vergöttern, kann ich auch nicht beeindrucken.

Jetzt aber los, ich nehme noch einen Apfel mit für die Fahrt, stakse runter in die Garage und zwänge mich in meinen kleinen, roten, sauber riechenden Flitzer. Und das genieße ich jeden Morgen: wie ein Vorhang öffnet sich das automatische Garagentor während das Cabrioverdeck summend nach hinten fährt. Dann meldet sich der Motor mit einem dumpfen Röhren, ich schalte die Musik ein und brause los. Heute kann ich offen fahren, die frische Luft weht mir ins Gesicht, was für ein Morgen. Ich kann mich auch an Kleinigkeiten erfreuen.

Doch immer wieder sorgt mich die Zukunft. Was ist, wenn Niels zurückkommt? Er wird nicht ewig auf Hawaii bleiben

und dass er uns noch eine Chance gibt, glaube ich kaum. Als er vor seiner Abfahrt die Trennung aussprach, klang er so endgültig. Gut, wir haben uns schon mehrfach getrennt und wieder zusammengerauft, aber dieses Mal war es anders. Wieso nur, warum will er alles hinwerfen, wir passen doch so gut zusammen. Gestritten haben wir fast nie, wir haben den gleichen Geschmack, unser Haus ist ein Traum. Warum alles zerstören? Natürlich hatten auch wir unsere Probleme. Im Bett fehlte die Spannung nach all der Zeit, aber war ich daran alleine Schuld? Vielleicht bin ich manchmal zickig, aber jeder hat seine Macken, meist waren wir doch harmonisch. Dass er immer meinte, dass wir in verschiedenen Welten leben, konnte ich gar nicht begreifen. Seine Tiefsinnigkeit konnte auch belastend sein. Wir hatten doch so schöne Zeiten zusammen, der gemeinsame Wassersport, die Urlaube. Abends sind wir Sommer wie Winter gemeinsam joggen und dann oft Essen gegangen. Gelangweilt haben wir uns eigentlich nie. Ich zumindest nicht. Seine Freunde konnten mit mir nicht viel anfangen, aber das beruhte ja auf Gegenseitigkeit.
Und jetzt ist es vorbei.
Wenn er zurück kommt werde ich aus seinem Haus ziehen und den Wagen abgeben. Wie ich allein mit meinem Gehalt leben soll, weiß ich noch nicht. Alles wird sich ändern in unseren Leben. Aber ich werde den Kopf nicht hängen lassen. Auch wenn ich ihn noch immer liebe, werde ich über die Trennung hinwegkommen.
Nur was für ein Leben wünsche ich mir? Dass es das Leben war, was ich mir wünsche, spüre ich mehr und mehr. Sucht man sich einen Mann zu seinem Lebensmodell oder ein Lebensmodell zusammen mit dem Mann, den man mag? Früher habe ich mir solche Gedanken nicht gemacht, aber man wird erwachsener. Manchmal frage ich mich, wenn

ich wie heute durch das Eingangsportal der Firma trete, wie lange das noch so geht. Ich arbeite hier schon so viele Jahre, zwar mag ich meinen Job, aber eigentlich möchte ich eine Familie, Kinder, einen Mann fürs Leben und mein eigenes Zuhause.
Ist das zu viel verlangt?
Genug geunkt, es wird schon werden, positiv denken, sag ich mir immer!

RRRR....RRRR....das Telefon, wer wird das so früh sein?
<Guten Morgen Herr Wagner, jetzt überraschen sie mich aber, ich freue mich immer über ihren Anruf, aber so früh morgens bin ich doch etwas verblüfft.>
<Guten Morgen Pet, ich hoffe es geht dir soweit gut. Hast du einen Moment Zeit, ich muss dringend mit dir sprechen.>
<Sicher, ich gehe gerade in mein Büro, aber für sie habe ich immer Zeit, kann ich ihnen helfen?>
<Ich bekam heute Morgen einen Anruf von Niels, der mich sehr beunruhigte. Ich weiß, dass das eigentlich nicht mehr dein Thema ist, aber ich weiß nicht mit wem ich sonst sprechen soll, daher rufe ich dich an.>
<Was hat er erzählt, was ist passiert?>
<Also, Niels hatte einen Unfall, es geht ihm körperlich gut, aber er hat sein Gedächtnis verloren. Er erinnert sich an nichts mehr. Alle seine Erinnerungen sind verloren. Er erkannte selbst meine Stimme nicht mehr. Er ist immer noch auf Hawaii und denkt nicht daran nach Hause zu kommen. Er wirkt völlig klar im Kopf und es scheint ihm in Anbetracht seiner Situation verblüffend gut zu gehen. Was auch immer da passiert sein mag, wenn ich könnte, würde ich sofort rüber fliegen, aber das schafft mein Herz nicht mehr. Daher dachte ich, auch wenn ihr getrennt seit, ihr

ähm.., ihr habt euch ja nicht im Streit getrennt und vielleicht könntest du mir den Gefallen tun und zu ihm fliegen und nach dem Rechten schauen. Ich komme natürlich für alle Kosten auf, die dir entstehen.>
Der alte Herr stand mir schon immer sehr nah, näher als potentielle Schwiegerväter einem stehen müssen. Jetzt tut er mir leid, ihn so in seiner Verlegenheit als Bittsteller zu erleben.
<Herr Wagner, bitte geben sie mir etwas Zeit, ich weiß ihr Vertrauen sehr zu schätzen. Natürlich sorge ich mich auch um Niels, aber er hat mich schließlich verlassen. Auch wenn ich es nicht für Niels machen würde, würde ich es für sie tun. Ich spreche mit meinem Chef, ob ich Urlaub bekommen kann und rufe sie gleich zurück.>
<Du weißt wie viel ich von dir halte, ich danke dir sehr, dass du es in Erwägung ziehst. Ich habe im übrigen Klaus gebeten
ihn anzurufen. Klaus kennst du doch auch, ich glaube, er ist sein ältester Freund. Er hat es auch direkt gemacht, aber er ist auch nicht weitergekommen. Niels hat ihn auch nicht erkannt und Klaus hat keine Zeit rüber zu fliegen. Solltest du fliegen können, dann lasse ich ein Ticket und Geld im Reisebüro hinterlegen. Du könntest heute Abend um 22.00 ab Frankfurt fliegen. Aber sprich erst einmal mit deinem Chef. Bis gleich.>

Nachdem ich das Telefon weg gelegt habe, lasse ich mich in meinen Bürostuhl fallen und atme tief durch. Tausend Gedanken schwirren in meinem Kopf, die ich jetzt ordnen muss. Natürlich gibt mein Chef mir frei, aber ich muss mir klar werden, ob ich das will. Niels hat mich sehr verletzt, und nun versuche ich mich freizuschwimmen, um ihn zu vergessen. Sollte ich fliegen, würde mich das wieder

zurückwerfen. Meine Augen werden feucht, als ich über meinen Schreibtisch in den Garten der Firma blicke. Erinnerungen kehren schmerzlich zurück und Mitleid macht sich in mir breit, als ich an ihn und sein Schicksal denke. Ich stelle mir vor, wie er orientierungslos durch eine tropische Landschaft irrt. Was mag ein Gedächtnisverlust aus einem Menschen machen?
Aber warum nur geht es ihm gut dabei?
Niels nachzulaufen widerstrebt mir, denke ich kämpferisch und bin zu stolz meinem Drang ihm zu helfen nachzugeben. Aber sein Gedächtnisverlust könnte auch eine Fügung sein, schießt es mir plötzlich durch den Kopf. Vielleicht sollen wir noch eine Chance bekommen. Der Gedanke verändert die Situation. Was habe ich zu verlieren? Ein paar Tage Hawaii, warum nicht. Ich durchdenke noch einmal die ganze Situation und rufe dann Herrn Wagner zurück. Ich teile ihm mit, dass ich fliegen werde, auch wenn es nicht leicht gewesen sei, von meiner Firma frei zu bekommen.

Auf dem Weg nach Hause kreisen meine Gedanken um unsere frühere Beziehung. Heute Morgen noch wollte ich alles anders machen, wenn ich die Gelegenheit nochmals hätte. Nun habe ich sie vielleicht. Aber erst einmal muss ich ihn zurück erobern, denke ich mir, und dazu brauche ich das richtige Werkzeug. Daher halte ich noch schnell bei meiner Lieblingsboutique an und kaufe mir ein Paar enge Tops für das tropische Wetter. Zu Hause packe ich meinen Koffer mit großer Aufmerksamkeit, ich versuche mir vorzustellen, was auf mich zukommen wird und fühle mich ziemlich durchtrieben bei den Gedanken, die mir durch den Kopf gehen. Dann entscheide ich mich noch Joggen zu gehen, um abzuschalten. Ich muss in Topform sein bei dem, was da auf mich zukommt. Ich laufe häufig um den See, um auf andere Gedanken zu kommen. Da werde ich eins mit mir und meinem Körper. Abends esse ich dann alles was ich mag, ohne ein schlechtes Gewissen zu haben. Das Abschalten zumindest gelingt mir heute überhaupt nicht. Ständig tauchen andere Bilder vor meinem inneren Auge auf, wie ich Niels wiedersehe und er mich wie eine Fremde behandelt. Das tut mir weh. Aber ich rede mir ein, auch wenn er mich nicht wiedererkennen wird, so werde ich bestimmt doch in der Lage sein, seine Zuneigung wiederzugewinnen.

Kapitel 9 Auf der Jagd

Glücklicherweise kann ich Business-Class nach Los Angeles fliegen, das hat Herr Wagner sich was kosten lassen. Nach dem Stopp-Over werde ich abends in Maui landen. Das Essen ist wie immer mäßig, aber ich liebe es den Blick über die Wolken schweifen zu lassen. Hier kann ich meine Gedanken treiben lassen.

Ich stelle mir vor, wie Niels und ich uns das erste Mal auf Maui zufällig am Strand treffen werden. Ich sende ihm aber nur ein kokettes Lächeln und warte, dass er auf mich zukommt. Das macht er auch recht bald und beginnt mit mir zu flirten. Damit nimmt eine zunächst verrückte Phantasievorstellung langsam konkrete Formen an und wird zu einem verwegenen Plan. Warum soll ich ihm direkt meine Identität verraten und ihm über die Nöte seines Vaters berichten? Je klarer es mir allerdings wird, was das für Konsequenzen haben könnte, desto ungemütlicher wird es mir auf meinem Luxussitz und ich ertappe mich dabei, an den Nägeln zu kauen. Ich habe das Gefühl, auf der einen Schulter den Teufel und auf der anderen einen Engel sitzen zu haben, die mir abwechselnd ihre Meinung zuflüstern.

Die eine Seite sagt, ich solle Niels Entscheidung respektieren, denn er verließ mich, um seinen eigenen Weg zu gehen. Ihn jetzt zu verführen, ohne ihm meine Identität zu verraten, hieße hinterhältig seine Verletzung und Arglosigkeit auszunutzen.

Die andere Seite meint, Niels könne sich jederzeit frei entscheiden. Irgendwann werde ich ihm meine Identität verraten, aber dann habe ich zumindest eine Chance gehabt, seine Liebe zurückzugewinnen.

Ist es hinterhältig mein Wissen zu nutzen, wie ich ihn verführen kann? Nein, denn es ist immer schon das Wesen der Verführung gewesen, dabei alle Register zu ziehen. So ist seit jeher das Spiel der Liebe. Warum hieße es sonst umgarnen, verführen, bezaubern oder verlocken, da ist immer nur partiell die freie Entscheidung im Spiel, beende ich meine Gewissensbisse und ertappe mich dabei zu lächeln. Die Frage wird sein, ob sein Gefühlsleben noch so ist, wie es damals war. Sein Vater sagte, er erinnert sich an nichts, also wird er mich wahrscheinlich nicht erkennen. Und wenn doch, gebe ich mich als die unschuldige Botin seines Vaters aus und fahre eine andere Strategie. Dann muss ich improvisieren und ihn vielleicht liebevoll pflegen. Dass er aber all seinen Geschmack, seine Vorlieben, Gefühle, Neigungen und Gelüste auch verloren hat, kann ich mir kaum vorstellen.

Männer sind so einfach gestrickt. Ihr Kopf lenkt viele Entscheidungen, aber zumindest nicht die der Partnerwahl. Und so ist auch Niels. Er hatte eine Schwäche für meine Brüste und auch für harmlose Rollenspielchen. Sex spielte eine große Rolle für ihn. Natürlich wollte er als Mann bewundert, beachtet und verstanden werden. Irgendwann einmal hatte ich das Gefühl, dass er vielleicht doch noch eine andere Seite hat, etwas unterdrückt und nicht mit mir ausleben kann. Das blieb aber nur eine Ahnung meinerseits, diese andere Seite von ihm, wenn sie überhaupt existiert, habe ich nie kennengelernt.

Vieles davon wird er wahrscheinlich nicht mehr wissen. Den Vorteil, ihn zu kennen, werde ich nutzen. Er wird sich bestimmt immer noch eine Frau wünschen, die seine Liebe zur Natur teilt und für seine Besessenheit vom Wassersport

Verständnis zeigt. Ich werde ihm seine Seelenverwandte sein und alle Wünsche erfüllen, von denen er träumt, denke ich schmunzelnd und beende mein Zweifeln. Jetzt fühle ich mich wie eine durchtriebene Agentin in einem Thriller, die Business Class zu ihrem gefährlichen Auftrag nach Hawaii fliegt.
Ich bestelle noch ein Glas Champagner, schalte mein Hirn ab und lasse meinen Blick wieder über den endlosen blauen Ozean schweifen.
Als wir uns schließlich nach 20 Stunden Reisezeit Hawaii nähern, sehe ich das Paradies von oben. Nach vielen tausend Kilometern Flug taucht aus dem Ozean plötzlich ein sattgrünes Gebirge mit steilen Hängen auf, das meist an weißen Stränden ausläuft. Maui ist nur eine von 8 größeren Inseln des Hawaiiarchipels, es gibt noch eine Unzahl kleinerer Inseln, die meistenteils nicht bewohnt sind. Die Farben des Wassers vor der Küste leuchten in den schönsten Blautönen. Gelegentlich sieht man aber auch schwarze, zerklüftete Klippen, wo einst die Lava ins Wasser floss und sich die vulkanische Vergangenheit der Inseln verewigte. Ein noch rauchender Vulkankegel signalisiert allerdings, dass der Prozess auf Hawaii noch nicht abgeschlossen ist.

Nach der Landung auf Maui warte ich auf mein Gepäck und frage mich, wie ich des weitern vorgehen soll. Maui wird von den Wind,- und Kitesurfern den anderen Nachbarinseln gegenüber vorgezogen, da hier der beständigste Wind weht. Da Niels auch früher immer hier war, wird er auch dieses Mal bestimmt Maui wählen. Ihn hier zu finden sollte nicht schwer sein. Fast alle Surfer halten sich an der Nordküste auf, da hier die Wellen am höchsten sind und am besten laufen. Soviel weiß ich von unserem Urlaub, den wir vor einigen Jahren hier verbrachten. Restaurants oder Kneipen, in denen man sich trifft, gibt es nur wenige. Die Strände, an denen man surft, kann man an einer Hand abzählen. Wir werden uns früher oder später über den Weg laufen, wenn nicht am ersten, dann am zweiten oder dritten Tag. Ich werde die Augen aufhalten, es soll wie ein zufälliges Treffen aussehen, und das wird früher oder später passieren. Aber erst einmal werde ich mich in Form bringen, bevor ich riskiere ihm entgegenzutreten. Mit meinen Koffern in der Hand rufe ich ein Taxi und lasse mich zu der Unterkunft bringen, die ich im Internet reservierte.

Die Sonne steht schon tief, als sich der Wagen in Sprekelsville über einen sandigen Pfad durch einen Palmenwald schlängelt und vor einer einstöckigen Holzvilla hält, die ich noch von früher kenne. Vielleicht hätte ich eine andere Unterkunft wählen sollen, aber hier war ich einmal sehr glücklich. Diese lose Ansiedlung von Häusern direkt am Wasser ist für jeden Surfer das Paradies, da man unmittelbar vom Grün des eigenen Gartens mit seinem Surfboard auf den Strand treten kann. Dass die Gärten vor den Wellen nicht geschützt werden müssen, verdankt man den hier hunderte Meter vor der Küste verlaufenden Korallenriffen. Bis die sich dort auf den Riffen brechenden Wellen das Ufer erreichen, haben sie an Kraft verloren. Leider sind die Preise der Strandvillen für Normalsterbliche nicht erschwinglich. In diesem Fall doch bin ich mir sicher, dass sich Herr Wagner für die Paar Tage großzügig zeigen wird.

Kurze Zeit später wandere ich am Strand entlang über den feinkörnigen, fast weißen Sand. Die Palmen wiegen sich im warmen Abendwind und ich sehe in der glutrot

untergehenden Sonne die letzten Segel dem Ufer entgegen gleiten. Doch statt die Stimmung zu genießen, wird mir meine Einsamkeit bewusst. Ein Kloß bildet sich in meinem Hals, und ich muss schlucken.
Ich vermisse Niels und will ihn zurück gewinnen.
Warum habe ich ihm so selten gezeigt, dass ich glücklich mit ihm war, als wir noch zusammen waren, frage ich mich. Ich vermag die Dinge nicht genug zu schätzen, solange ich sie besitze und sie mir sicher erscheinen. Ich bleibe stehen, schieße die Augen und nehme mir vor, mich zu ändern.
Dann drehe ich mich um und mache mich auf den Heimweg, ich habe das Gefühl, einen wichtigen Vorsatz getroffen zu haben, wie auch immer meine Reise enden wird.
Kaum liege ich im Bett, schlafe ich auch schon wie eine Tote.

Kapitel 10 Allein im Paradies

Am nächsten Morgen weckt mich das Prasseln des Regens. Ich ziehe meine gelbe Surfshort und das passende Top an und wandele schlaftrunken auf die Veranda ohne mich zurecht zu machen. Der Himmel reißt gerade auf und ein Regenbogen entsteigt dem noch spiegelglatten Meer. Alles scheint so ursprünglich, sauber und rein, dass ich in diesem Moment die Zeit anhalten möchte. Ich setze mich in den verwitterten Schaukelstuhl, die Füße auf der Holzbalustrade abgestützt und schaukele vor mich hin. Eine freundliche Haushälterin bringt mir einen Kaffee Latte, ich nippe gelegentlich an meinem Glass und lasse meinen Blick ziellos und langsam über den Horizont wandern. Wie wunderbar es ist sich morgens die Zeit zu nehmen, um gemächlich aus der Traumwelt in die Realität überzuwechseln. Muss nicht ein Schicksal glücklicher verlaufen, wenn man eine solche Idylle sein eigen nennen kann? Wenn man sich immer hierhin zurückziehen kann, wenn alle Stricke reißen....

Ich träume nur kurz vor mich hin, schon bald wächst ein Gefühl der Unruhe in mir. Meine Stimmung schlägt um, ich bin nicht zum Spaß hier und habe eine Aufgabe zu erledigen. Ich muss einen Plan schmieden, muss mir Gedanken über mein weiteres Vorgehen machen. Jetzt fühle ich mich wie eine Kriminelle, die einen Coup plant. Aber noch habe ich nichts Verwerfliches getan, flüstert mein Gewissen. Noch kann ich, wie von Herrn Wagner gewünscht, Niels aufsuchen und ihn sachlich oder freundschaftlich bewegen heim zu kehren.

Zunächst mal muss ich gelassen bleiben, sage ich mir immer wieder wie ein Mantra. Wenn ich mich nicht entspanne, ist das Projekt schon vor seinem Start zum scheitern verurteilt. Ich setze mich aufrecht, schließe die Augen und mache Atemübungen. Das hilft und ich beginne mit Autosuggestion, leise sage ich mir immer wieder: ich bin stark, ich bin ruhig, alles wird gut.

Ich werde abgelenkt durch Geräusche hinter mir, von klapperndem Geschirr, verschlafenem schlurfen und murmeln. Die anderen Hausbewohner werden wach und treffen sich auf der gemeinschaftlichen Terrasse. Der Erste, der heraus tritt und mir fast den Kaffee überschüttet, ist ein großer gutmütiger Bär, hat dunkles dichtes Haar und wirkt etwas zu schwerfällig um zu glauben, das er auch Surfer ist. Als er mich sieht, werden seine Augen plötzlich lebendig. Höflich stellt er sich vor und kommt mit mir ins Gespräch. Er ist tatsächlich Kitesurfer und kommt aus Australien. Wir wechseln ein paar Sätze und er macht mir das Angebot, mich zum Autoverleiher zu bringen. Das nehme ich gerne an.
So fahren Greg und ich kurze Zeit später in Richtung Haiku, einem kleinen Dorf in Küstennähe, in dem allerlei Dienstleistungen angeboten werden. Greg ist so zuvorkommend und um Konversation bemüht, dass offensichtlich ein größeres Interesse an meiner Person vorliegt. Da mir seine Begleitung hilfreich sein kann, schenke ich ihm ein kokettes Lächeln. Kurz bevor er mich absetzt, fragt er auch prompt, ob er mich heute Abend ausführen darf.
<Vielleicht... >, antworte ich lachend, und gehe wiegenden Schrittes zum Manaloha Car Rental. Wenn das mal immer so einfach wäre, denke ich mir.

Der Autoverleiher mietete sich in dieser ehemaligen Canery ein, einem alten Fabrikhallenkomplex, in dem früher der Ananasmonopolist Dole die Früchte in Dosen füllen ließ. Großgrundbesitzer wurde Dole vor langem wie einige wenige andere Familien in der Zeit der Kolonialisierung, indem sie einen Großteil des Bodens der Inseln unrechtmäßig in ihren Besitz brachten und dann mit Zuckerrohr und Ananas bewirtschafteten. Auch noch heute gehört diesen Familien ein Großteil des Archipels, es gab kaum Wiedergutmachung der Urbevölkerung und immer noch fährt man durch die endlosen Ananas,- und Zuckerrohrmonokulturen.

In dieser verschmutzten Halle, die mit italienischen Opern beschallt wird, treffe ich Marco, einen kleinen Italiener, den ich meine noch von früher zu kennen. So wie Marco, die Surfshort bis zu den Kniekehlen hängend, völlig entspannt und physisch durchtrainiert, leben in Hawaii viele Europäer ihren Lebenstraum. Sie kompensieren offensichtlich glücklich ihre heimische Kultur und Geselligkeit durch diese paradiesische Insel.

Natürlich erinnert sich Marco meiner, sonst wäre er kein Italiener. Mit einem gelben Vierradjeep ausgestattet fahre ich wenig später zu Secondwind, um eine Windsurfausrüstung zu leihen. Die gehört zu meiner Tarnung hier, wie bei James Bond der Smoking und die Eintrittskarte zur Jetset Party dazu gehört.

Und warum soll ich mir nicht auch noch etwas Spaß gönnen...?

Aggressives Gitarrengeschredder weist mir schon den Weg zum Eingang. Ein blonder, langhaariger Verkäufer schreckt aus seinem Morgentran auf als sei ich ein Geist und schüttet sich den Kaffee über sein weißes Shirt. Sein gerippter, brauner Bauch irritiert etwas meinen Blick, als er sich seines fleckigen T-Shirts entledigt und in seiner Surfshort auf mich zutritt. Mit einem zweiten Date mit Brad und einer guten Surfausrüstung versehen verlasse ich den Shop. Brad bestand darauf, mir beim ersten Aufriggen meines Segels Beistand zu leisten. Er lädt mir alles zuvorkommend auf die Ladefläche meines Autos und vergewissert sich nochmals, dass wir uns um drei Uhr Nachmittags am Kanaha Beach nahe meines Hauses treffen. So schlecht ist die Welt doch nicht, schmunzele ich vor mich hin, als ich losfahre.

Wenn ich Niels das erste Mal treffe, sollte ich wo auch immer in Begleitung sein, denke ich mir. Auch das gehört zu einem glaubhaften Auftritt.

Warum will nur der Mann, der mich wirklich interessiert, nicht so wie ich. Die Anderen lassen sich leicht dressieren. Vielleicht liebe ich Niels deshalb? Er ist nicht der schönste oder zärtlichste aller Männer. Aber er ist sein eigener Typ und steht zu sich, er geht seinen eigenen Weg mit Entschlossenheit. Eigentlich ist es das, was mich stört und worum ich ihn beneide. Warum bin ich so unentschlossen und liebe ihn auch noch für seine Selbständigkeit? Ich sollte mehr meinen eigenen Weg gehen, das sage ich mir immer wieder, wobei das nicht so leicht ist.

Meinen eigenen Stil habe ich schon gefunden, zumindest sagen das fast alle, die ich kenne. Wie oft bekomme ich Komplimente für meinen guten Geschmack. Nur Niels sagt mir, guter Geschmack existiert da, wo Phantasie fehlt. Ich muss den Spagat schaffen, mich aus seinem Fahrwasser zu bewegen um mich zu entfalten, ohne ihn zu verlieren.

Schluss mit der Grübelei, erst mal werde ich ihn zurückerobern und dafür lege ich mich nun etwas in die Sonne am Strand, ein guter Teint könnte hilfreich sein.

Im Halbschatten einer Palme muss ich wohl auf meinem Badetuch eingeschlafen sein. Denn als Brad mich weckt mit einem freundlichen: <Hallo Schöne!>, bin ich völlig orientierungslos. Er bückt sich zu mir hinab und gibt mir gleich selbstbewusst ein Küsschen rechts und links, als seien wir schon Freunde.

Ich muss erst mal zu mir kommen und lasse mir daher gerne von Brad meinen Windsurfer aufbauen. Dabei beobachte ich noch etwas einsilbig den locker drein plappernden, braungebrannten Sunnyboy. Ich kann mich der ästhetischen Wirkung dieses muskulösen, blond behaarten Körpers nicht ganz entziehen. Die vollen Lippen und die weißen Zähne in seinem ständig lachenden Gesicht gefallen mir. Seine Hände greifen wie Schraubstöcke den Mastfuß, drehen und ziehen, überall sind Sehnen und Adern zu sehen. Ich mag die Assoziation, die starke Hände in mir auslöst und folge der ein wenig. Wie alt wird er wohl sein, frage ich mich. Seiner Statur nach vielleicht 25, seiner verbrannten Haut nach 35, seiner intellektuellen Entwicklung nach eher 18 Jahre. Als ich ihn frage, bestätigt er mir charmant meine Schätzung: <Ich bin 25, aber was hat das kalendarische Alter schon zu sagen?>

Er muss wohl einen Mutterkomplex haben, wenn er nicht auf gleichalte Frauen steht sondern auf mich, denke ich zu selbstkritisch.

Dann legen wir beide unsere Trapeze* um die Hüfte und tragen die Windsurfer ins blaue Wasser. Wir machen den Beachstart und gleiten nebeneinander mit atemberaubender Geschwindigkeit vom Ufer weg. Ich bin im hier und jetzt und mein Kopf ist völlig ausgeschaltet. Alle Konzentration liegt nur darin, mein fast fliegendes Brett zu beherrschen, Freude durchdringt meine Brust.

Brad nimmt die erste kleine Welle als Sprungschanze und springt einen gekonnten Looping. Es ist beeindruckend, wie er plötzlich wie ein Delphin weit aus dem Wasser schießt. Er steht kurz in der Luft, dreht sich nach vorne um sein Segel, taucht ins Wasser und fährt weiter ohne reinzufallen. Und so geht es weiter und weiter. Während ich froh bin, die Geschwindigkeit auf gerader Strecke zu kontrollieren, nutzt Brat jede Gelegenheit sein Können unter Beweis zu stellen.
Er scheint noch in dem Alter, in dem man meint, durch sportliches tricksen Frauen imponieren zu können. Wie süß...

Zurück am Strand fallen wir beide ausgepumpt in den warmen Sand. Wir sehen aus wie panierte Schnitzel und erinnern uns lachend an die gemeinsamen Momente. Dann setzen wir uns auf ein Tuch nebeneinander in den Schatten eines Baumes und blicken auf das Meer. Brad erzählt mir dies und das aus seinem Leben. Ich nicke gelegentlich und bin doch im Gedanken weit entfernt, nämlich zwei Jahre zurück in meiner Vergangenheit, als ich an dem selben Strand mit Niels saß.
Später verabschiede ich mich und versichere Brad mich morgen hier wieder mit ihm zu treffen. Ich ziehe dieselben widerspenstig klettenden Hölzchen aus dem Strandtuch und gehe denselben Weg zurück zum Auto wie früher. Nur dieses Mal alleine und mir kommen die Tränen. So möchte ich mich Greg nicht präsentieren. Es bleibt auch noch etwas Zeit bis zum Sonnenuntergang und so kaufe ich mir zwei eiskalte Dosen Gin Tonic in einem Shop in Paia auf dem Weg nach Hookipa. Eine Dose öffne ich sofort noch im Auto und trinke sie auf Ex. Ich fühle mich wie eine Alkoholikerin. Im Auto zu trinken ist hier strengstens

verboten, das ist mir in meiner jetzigen Verfassung gleichgültig. Die Sonne steht schon niedrig und taucht das Meer in ein gleißendes Licht, als ich auf den Parkplatz des Hookipa Lookouts fahre. Hier sieht man auf den berühmten Surfspot hinunter von einer Anhöhe. Ein paar Windsurfer reiten bei abnehmendem Wind die letzten Wellen des Tages. Meine Stimmung bessert sich allmählich, vielleicht hilft auch der Gin ein wenig. Aus dem Autoradio klingen Reggaebeats, als ich meinen Jeep einparke.

Kapitel 11 Deja vu

Das war ein perfekter Surftag, denke ich mir, als ich auf der Heimfahrt ins Abendlicht blinzele. Später werde ich Nalu treffen, wir werden kochen und uns lieben.
Kann das Leben nicht einfach so weitergehen? Jahrtausende lebten die Menschen so auf diesen Inseln. Niemand hat sich um Arbeit und Fortkommen geschert. Das Surfen wurde nicht umsonst hier auf Hawaii erfunden. Es zählte das hier und jetzt, das Glück des Augenblickes. Um den wunderbaren Tag zu verabschieden, entscheide ich mich noch auf dem Rückweg am Hookipa Lookout zu halten.

Entkräftet lehne ich mich an die Holzbalustrade und schaue den Surfern im Sonnenuntergang nach. Eiskaltes Bier läuft mir durch die Kehle. Meine Eier baumeln in den weiten Surfshorts im warmen Wind hin und her. Ich ziehe an einer Zigarette, die ich noch im Auto fand. Alle Muskeln meines Körpers geben mir das fast schmerzende, aber auch wohltuende Signal, existent und lebendig zu sein. Die Abendsonne brennt kaum noch auf der Haut, wärmt aber angenehm. Die Tönung meiner Sonnenbrille entspannt meine Augen und verstärkt noch das orgiastische Farbspektakel. Was gibt es schöneres, als so mit sich und der Natur eins zu sein? Ich bleibe auf der Insel, was brauche ich mehr zum Glück.

Den Gedanken habe ich gerade gefasst, als ich von dieser rothaarigen Frau abgelenkt werde, die ich neben mir aus ihrem Auto steigen sehe. Ich zucke fast zusammen, so abrupt holt sie mich in eine andere Realität. Mein Puls beschleunigt sich. Ihr Anblick überwältigt mich, der biblische Sündenfall im Paradies. Ihre roten Locken fliegen durch den Wind wie Korkenzieher um ihr Gesicht, ihr weißer Körper ist wie gemeißelt, wunderbar prall gerundet und doch langbeinig und grazil. Das bei jeder Bewegung nachfedernde Hüpfen ihrer recht großen Brüste empfinde ich als eine Attacke auf meine Selbstbestimmung. Ihre Erscheinung beansprucht meine ganze Aufmerksamkeit, ich versuche sie nicht anzustarren, dennoch kann ich keine Sekunde meine Augen von ihr abwenden. Also schiele ich aus dem Augenwinkel zu ihr hinüber. Jetzt geht sie an mir vorbei und stellt sich ein Stück weiter an das Geländer. Zu gerne wüsste ich, was eine Frau wie sie alleine an diesen Aussichtspunkt führt. Nur um den Sonnenuntergang zu sehen? Bestimmt hat sie ein Date und ist zu früh, versetzt kann sie kaum werden. Obwohl sie sportlich aussieht, ist sie wahrscheinlich keine Surferin. Dazu ist ihr Teint zu blass und ihre Figur zu schlank. Trotz ihrer einfachen Strandkleidung hat sie den Auftritt einer Diva, auf jeden Fall ist sie Großstädterin. Sie gehört eher auf das Deck einer Luxusjacht, als allein abends an einen Aussichtspunkt.

Jetzt öffnet sie eine Getränkedose, wieso proste ich ihr nicht einfach zu, statt sie verschämt aus dem Augenwinkel zu beobachten. Ihr Äußeres schüchtert mich regelrecht ein, sie nimmt mir den Mut sie anzusprechen.

Ich kenne sie nicht, ich bin in einem fremden Land und was habe ich zu verlieren, sagt Ed in mir rebellisch. Vielleicht täusche ich mich, aber ich meine zu spüren, dass auch sie sich mit mir beschäftigt. Glücklicherweise krümmt sich das Geländer, so dass ich fast unbemerkt ihr Gesicht studieren kann.

Ihre schön geschnittenen Züge zeigen beim genaueren hinschauen zunächst unbemerkt, eine geheimnisvolle Trauer, oder ist es Verbitterung? Woher kommt diese Dissonanz aus Schönheit und Leid? Diesen Widerspruch muss ich lüften. Wie kann dieses Engelswesen unglücklich sein?

Auf die Gefahr hin, aufdringlich zu wirken schaue ich dieses Mal direkt zu ihr hinüber. Trotz ihrer einnehmenden Erscheinung meine ich eine Art Unruhe oder Verspanntheit in ihrem Wesen zu spüren, eine Disharmonie, die ihre Aura beeinträchtigt.

Und jetzt bestätigt sich meine erste Intuition scheinbar, soweit ich in der Lage bin, aus ihren jetzt im Halbprofil sichtbaren Zügen auf ihr Gemüt zu schließen. Es ist der kummervolle Ausdruck in ihren blauen Augen und das Mikroplissee der Fältchen, in dem sich offensichtlich ihr Unglück verewigt. Das tut ihrer Schönheit aber wenig Abbruch.

Ich schwöre mir, bevor sie geht, muss ich sie ansprechen. Ich hätte sonst das Gefühl, meiner Bestimmung entgangen zu sein.

Endlich schaut sie zu mir herüber, ich hebe mein Bier und proste ihr lächelnd zu. Sie prostet freundlich zurück, ein Stein fällt mir vom Herzen und erlöst mich von allen Bedenken. Das war das Startsignal zum wohl ältesten Spiel der Menschheit. Trotz meines Herzklopfens gehe ich betont lässig zu ihr hinüber. Ich lehne mich neben sie mit den Ellenbogen auf das Geländer, stoße mit ihr an und frage sie mit meinem besten Partylächeln:

<Nice to meet you, where do you come from?>

Sie strahlt zurück: <It's my pleasure, Germany.>

Auf Deutsch antworte ich erfreut, wobei fast jeder Flirt wohl ähnlich einfallslos beginnt:

<Schön, dann können wir ja deutsch sprechen.>
<Wo kommst du denn her?>, hakt sie auch direkt höflich ein.
<Geboren bin ich in Köln.>
<Das hört sich an, als ob du deiner Heimat schon vor langem den Rücken gekehrt hast.>, antwortet sie mit diesem traurigen Gesichtsausdruck, den ich schon vorher bemerkte und schaut dabei auf den Horizont.
<Nein, ich fühle mich nur etwas heimatlos und denke darüber nach hier zu bleiben.>
<Und wo kommst du her?>
<Ich bin auch Kölnerin, was für ein Zufall, wir hätten uns auch dort begegnen können. Zumindest meine ich dich dort noch nie gesehen zu haben.>
<Das geht mir genauso.>, antworte ich, habe aber auch nicht das Bedürfnis bei ihr direkt mit meiner Geschichte Mitleid zu bewirken.
<Und wie lange bist du schon hier, dass du dir Gedanken machst, dich hier niederzulassen?>, fragt sie und schaut zu mir, wobei der Wind mir einige Locken durch das Gesicht streift.
Irgendetwas tief in mir gerät in Bewegung. Ich bin verwirrt und spüre, dass sich zwischen uns beiden deutlich mehr abspielt als unser seichtes Geplapper. Das läuft fast wie im Hintergrund weiter.
Ich entgegne oberflächlich gelassen:
<Seit ein paar Wochen, aber ich habe das Gefühl hier zu Hause zu sein.>
Als sie mir antwortet, vermeidet sie den Blickkontakt und schaut wieder auf den Horizont: <Ich war schon einmal vor ein paar Jahren hier. Dieser Ort ist für mich der schönste den ich kenne, ich liebe die Natur dieser tropischen Inseln. Eines Tages möchte ich am Meer leben.

Ich dachte auch damals darüber nach hier zu bleiben und fuhr dann doch nach 6 Wochen heim. Wie es mir wohl ergangen wäre, wenn ich geblieben wäre?>
Bei ihrem letzten Satz habe ich den Eindruck, dass sie Schwierigkeiten hat, ihre Gefühle unter Kontrolle zu halten. Ihre Geschichte, die mich neugierig macht, ist bestimmt der Schlüssel zu ihrer geheimnisvollen Melancholie. Wahrscheinlich war da ein Mann in ihrem Leben, der es nicht schaffte, mit diesem Engel glücklich zu werden. Oder ist dieses Wesen an der Seite eines Mannes nicht an sich schon der Logenplatz im Himmel, frage ich mich. Ich habe aber das Gefühl, dass jetzt nicht der richtige Moment ist, in ihrer Vergangenheit weiter zu graben.
Also lenke ich ab:
<Im übrigen, ich heiße Niels, und wie heißt du?>
<Petra, Salut, auf das Glück im Südpazifik.>, stößt sie mit mir an und lächelt endlich wieder.
<Was machte denn diese Insel für dich zum Ort deiner Träume?>, fragt Petra mich gleich darauf.
Ich muss nicht lange darüber nachdenken und antworte:
<Ich genieße das ganzjährig so angenehme Wetter und die Fülle der Vegetation. Aber besonders liebe ich das Meer, kaum irgendwo sonst ist die Natur noch so intakt. Und du hast diese wunderbaren Wellen und den ständigen Wind. Ich habe recht schnell Leute kennengelernt, vielleicht gibt es hier mehr Gleichgesinnte als in Köln. Ich habe das Gefühl, dass die Menschen sich hier mehr mit den wichtigen Dingen im Leben beschäftigen, oder zumindest mit den Dingen, die für mich zählen.>
<Und welche sind das?> fragt sie mich interessiert.
<Die Menschen leben das ganze Jahr mehr draußen und in der Natur, weil sich das hier auch anbietet. Man geht

abends gemeinsam schwimmen, surfen, grillen oder fischen statt Fernsehen zu schauen oder am Computer zu spielen. Die Menschen genießen gemeinsam das reale Leben, da es hier so viel mehr bietet als das virtuelle.>
<Da haben wir etwas gemeinsam>, sagt sie, <Ich bin in Köln zwar nicht unglücklich, meist verbringe ich meine Tage im Büro und gehe abends Joggen oder treffe Freunde in Kneipen, da ich keine wirkliche Alternative finde die mich ausfüllt. Es ist meist kalt, dunkel oder beides. Aber hätte ich die Möglichkeit meine Freizeit in der Natur zu verbringen, am besten noch am Meer wie hier, wäre ich ein anderer Mensch.>

Langsam wird es dunkel und wir stehen immer noch plaudernd am Geländer. Wir beide vermieden, das Thema Partner anzuschneiden. Das ist kein Zufall, keiner von uns wollte diesen magischen Moment zerstören. Ich fühle mich wie eine Motte, die willenlos eine heiße Glühbirne umkreist.
Also frage ich sie:
<Ich würde dich gerne wiedersehen, treffen wir uns morgen hier wieder zur selben Zeit?>
<Wenn wir die Vergangenheit beim nächsten Gespräch auslassen vielleicht!>, antwortet sie und schaut mich mit einem so tiefgehenden Blick an, dass ich mich hypnotisiert fühle. Sie schaut mir nur in die Augen, wendet ihren Blick nicht ab, ohne weiterzusprechen oder etwas zu unternehmen. Fast berühren sich unsere Körper. Ich tauche tief in ihren blauen Augen ab, schweigend, ohne dass die Stille uns verlegen macht. Mir wird schwindelig, was passiert mit mir?
Schließlich unterbricht sie unsere transzendentale Verbindung ohne langsam rückwärts zu zählen. Sie dreht

sich einfach um, geht zu ihrem Wagen und ruft mir noch: <Bis dann!> zu, bevor sie in ihren Wagen steigt und abfährt.
<Schön, bis morgen dann.>, rufe ich noch ihr hinterher, alleine im Dunklen stehend und ohne dass sie mich noch hören könnte.

Dann flattere ich mottengleich nach Hause. Ich bin durcheinander, ich weiß nicht, was ich von diesem Erlebnis halten soll. Wie kann so ein kurzes Treffen mit einer fremden Frau so viel in mir auslösen?
Zu Hause dusche ich zunächst und trinke dann ein Bier auf der Terrasse, ich muss erst einmal das Erlebte sacken lassen, bis ich zu Nalu fahren kann. Jetzt würde ich lieber zu Hause bleiben. Wir sind aber verabredet und ich möchte sie nicht so kurzfristig versetzen.

Kapitel 12 Nachtleben

Als ich vom Parkplatz fahre, schaue ich noch einmal kurz in den Rückspiegel. Da steht Niels immer noch an derselben Stelle und blickt mir nach. Ich bin völlig verspannt, mein Puls rast noch immer und ich habe Ohrensausen. Ich nehme ein paar hundert Meter Abstand, dann trommele ich auf mein Lenkrad und mache mit einem lauten Kampfschrei meiner Freude Luft. Jetzt erst wird mir klar, was eben passiert ist und ich ermahne mich wieder zur Ruhe. Ich habe nur mein erstes Etappenziel erreicht. Dann atme ich mehrfach tief durch und versuche unser erstes Treffen so genau wie möglich zu rekonstruieren, ich will jetzt keinen Fehler machen. Dass er sich nicht an mich erinnert ist offensichtlich und dass er sich zu mir hingezogen fühlt obendrein, ich scheine meine Wirkung auf ihn nicht verloren zu haben. Eigentlich war alles fast zu einfach. Auch scheint er meine Nervosität nicht bemerkt zu haben. Wahrscheinlich geht es ihm genauso, wie bei unserem ersten Zusammentreffen vor vielen Jahren, als wir auf dieser Party voreinander standen und sofort einen Zugang zueinander fanden. Es war völlig egal, was auch immer wir gesagt hätten. Ich sollte die Geschichte denselben Lauf nehmen lassen, ihm genau dieselbe Mischung aus Zögerlichkeit und Hingabe zeigen. Oder sollte ich ihn vielleicht etwas länger zappeln lassen, das macht ihn garantiert wild. Um etwas zu kämpfen war immer sein Ding, zu leicht erlangte Erfolge waren ihm nie viel wert. Ein schlechtes Gewissen habe ich ja schon, wohl fühle ich mich nicht in meiner Situation, aber ich zwinge ihn zu nichts. Er ist Herr seiner Sinne, ich verwende keine falsche Identität und wenn er sich in mich verliebt, macht er es aus freien Stücken. Und so wird es kommen. Als ich ihn damals kennen lernte, war ich viel zu verliebt, um ihm etwas entgegenzusetzen. Nach ein paar Jahren Beziehung fehlte ihm der Kampf, im Alltag fehlte ihm die Spannung. Hätten wir Kinder bekommen, hätte sich unser Leben einen neuen Weg gesucht und alles hätte sich wahrscheinlich von alleine ergeben. So aber hat er sich von mir getrennt. Aus Erfahrung wird man klug, dasselbe wird mir nicht nochmal passieren. Dieses Mal behalte ich die Zügel in der Hand. Morgen werde ich zum Treffpunkt kommen, aber etwas zu spät. Und heute Abend werde ich ausgehen, ich muss Kontakte knüpfen und werde mich sehen lassen, ob ich Niels nun über den Weg laufe oder nicht.

Als ich das Haus betrete sehe ich schon Greg, er sitzt auf der Terrasse und hat sich einen Wein gegönnt. Er kommt sofort auf mich zu und begrüßt mich erfreut, als hätte er den ganzen Nachmittag auf mich gewartet. Ich bin aufgedreht und wir verabreden gleich Abendessen zu gehen, direkt nach dem Duschen soll es losgehen.
Schnell mache ich mich frisch, mein Teint macht fast das Schminken überflüssig. Obwohl ich rothaarig bin, habe ich das Glück etwas braun zu werden. Ein kurzer Blick in den Spiegel reicht, meine blauen Augen im Kontrast zu der frischen Gesichtsfarbe passen gut, ich glaube, heute kann nichts schief gehen. Dann zwänge ich mich in eine ausgewaschene enge Jeans und ein Stretchtop mit Blütendruck, das passt zu Maui-north-shore.

Etwas später fahren wir in seinem Auto durch die warme Nacht. Ich genieße seine aufmerksame Gegenwart, bin guter Laune und lache viel. Er ist so zuvorkommend und macht mir ständig Komplimente. Das tut meinem Selbstbewusstsein gut. Manchmal spüre ich sofort, dass ein Mann alles für mich machen würde. Greg ist so einer, nur Schade dass er nicht mein Fall ist. Trotzdem freue ich mich mit ihm auszugehen, heute möchte ich betrunken sein.

Wir halten vor Jaques, einem Restaurant in Paia, das auch früher das charmanteste Restaurant an Mauis Nordküste war. Hier habe ich früher einige schöne Abende verbracht. Wir betreten das Restaurant über die Terrasse, die umgeben ist von der wild wuchernden, tropischen Vegetation. Zunächst warten wir an der Theke, um einen Tisch zugewiesen zu bekommen. Greg bestellt uns vorab zwei Caipirinha während wir die anderen uns umgebenden Gäste betrachten. Die meisten sind jünger als 50 und sehen sportlich aus, sie haben zwar Falten, aber sind vital und lebenslustig. Ich mag diese Atmosphäre hier, die Männer sind entspannt und gut gelaunt, es wird viel gelacht. Man bekommt das Gefühl, dass diese Menschen sich ihren Traum erfüllt haben. Greg stößt mich plötzlich an und flüstert mir aufgeregt ins Ohr:
<Schau, der Ex-Windsurfweltmeister steht da drüben!>
Ich drehe mich um und erkenne ihn direkt, er ist schon ganz schön verwittert, aber immer noch hochtrainiert und wirkt sehr männlich. Offensichtlich trifft sich hier immer noch die lokale Wassersportgemeinde, wenn sie es sich leisten kann.
<Windsurfer sind Oldtimer,> versucht mich Greg zu provozieren, wohl wissend, dass ich auch Windsurfe.
Hier in Hawaii teilen sich viele Sportarten die perfekten Wellen, es verbringen mehr Menschen ihre Zeit auf dem Wasser als sonst irgendwo.

Und nochmal versucht Greg sich bei mir unbeliebt zu machen, als er mich weiterneckt: <Sei nicht so konservativ, lern doch was neues, ich bringe dir gerne Kiten bei. Mittlerweile gibt es mehr Kitesurfer als Windsurfer. Kiten ist einfacher zu lernen, lässt sich auch bei schwachem Wind ausüben und braucht viel weniger sperriges Material. Schau wie viel wendiger es aussieht. Selbst ich schwebe möwengleich hoch durch die Lüfte und lande genauso sachte.>
Ich antworte ihm nicht und bin etwas eingeschnappt, denn Windsurfer sind tatsächlich schwerfälliger aufgrund der Größe und des Gewichtes ihres Zubehörs. Aber zumindest zeigt Greg trotz seines Körpergewichtes Selbstironie. Ich muss mir eingestehen, vielleicht bisher zu eingefahren gewesen zu sein. Ich bin froh nach so vielen Lehrjahren endlich das Windsurfen zu beherrschen, soll ich dann nochmal von vorne als Anfänger beginnen?
<Sag nicht, du hast auch noch nie SUP'n (Stand-up-paddeln) ausprobiert?>, schlägt Greg in dieselbe Kerbe und schiebt mich in die Ecke der Hinterwäldler.
Die Wellenreiter, die Hawaiis Inseln ursprünglich ihr Image gaben, werden heute mehr und mehr von den Stand-up-paddlern verdrängt. Diese sehr viel einfachere Sportart scheint sich durchzusetzen. An wellenarmen Tagen sieht man mittlerweile Massen von Menschen mit ihrem Paddel in der Hand auf dem Meer, als würden sie übers Wasser laufen können. Für viele Sup'er ersetzt der Sport den Spaziergang und das Fitnessstudio. In Hawaii sieht man stehend vom Brett aus häufig Schildkröten oder Delphine die man liegend eher übersehen würde. Außerdem ignorieren Haie die recht großen Bretter vollends.

Trotzig entgegne ich ihm nach dem zweiten Caipirinha auf nüchternen Magen etwas albern: <Doch doch, das habe ich schon probiert, aber hast du schon mal die Zweckentfremdung von Eiswürfeln im Ausschnitt ausprobiert?>
Dabei stopfe ich ihm eine Handvoll Eis aus der Auslage hinter dem Tresen in sein offenes Hemd. Kämpfend stecke ich noch bis zum Ellenbogen mit meinem Arm in seinem weiten Hemd, als plötzlich Niels in Begleitung neben uns an der Theke steht. In dieser Position verharre ich überrascht und starre ihn an.
Er schien das Gespräch mitbekommen zu haben und resümiert wie immer intelligent und vermittelnd in perfektem Englisch unseren Dissens: <Surfer sind wie ein Rudel Straßenköter. Sie zwacken und kabbeln sich ständig. Trotzdem spielen sie täglich miteinander auf der Straße. Sie sind unterschiedlich, größer, kleiner, schwarz oder braun, das stört sie nicht. Sie halten zusammen. Nie würden sie mit Haushunden tauschen. Sie sind halt Straßenköter. Also Cheers, auf das Wellenreiten, welches auch immer!>
Am Ende seiner Ansprache stößt er höflich zunächst mit mir, dann mit seiner Begleitung und schließlich mit dem etwas verblüfften Greg an. Ich habe mittlerweile den Arm aus Gregs Hemd gezogen und bin vermutlich etwas errötet. Niels stellt sich daraufhin formvollendet vor, danach Nalu, seine hübsche, brünette Begleitung. Ich stelle Greg und mich den beiden vor, ungewiss welches Spiel jetzt gespielt werden soll.
Es verschlägt mir fast die Sprache, dass Niels trotz seiner Verletzung so schnell eine neue Freundin fand. Zumindest unterstelle ich ihm, dass sie seine Freundin ist, da sie sehr nah bei ihm steht und sich demonstrativ an ihn lehnt. Ich

meine ihre Verbindung unabhängig von ihrer Körpersprache regelrecht spüren zu können. Auch habe ich das Gefühl, dass ihre Beziehung unausgewogen ist, dass Niels sich eher zurücklehnt und Nalu mehr Besitzanspruch zeigt.

Noch während Niels erklärt, dass wir Landsleute sind und uns vorhin am Strand kennen gelernt haben, kommt der Kellner und bittet uns zu unserem Tisch. Wir verabschieden uns daher und gehen zu unserem Platz, nicht ohne dass ich den bösen Blick in Nalus Augen bemerkt hätte. Ihr schönes Gesicht zeigte keinerlei freundliche Regung und blieb maskenhaft. Trotz des sehr kurzen Treffens schien sie etwas argwöhnisch oder eifersüchtig gemacht zu haben. Sie scheint auch eine gute Intuition zu haben. Was sie wohl für eine Rolle für ihn spielt? Zweifelsohne ist sie eine sehr attraktive Frau, die ihre Reize gezielt einzusetzen weiß. Das wird Niels vielleicht noch nicht bemerkt haben. Er wird sie bestimmt für ein Naturkind halten, in der Hinsicht war er auch früher arglos. Über Nacht wird er nicht mehr über die Finesse von Frauen gelernt haben. Mir entging allerdings nicht, wie sie mich fixierte. Offensichtlich hat er ihr zunächst nichts von unserem Treffen erzählt und nun spürt sie unsere Verbindung. Ob er ihr so viel bedeutet, dass sie um ihn kämpft, frage ich mich? Wenn ja, ist sie eine ernst zu nehmende Gegnerin. Sie wird auf jeden Fall meine Pläne deutlich verkomplizieren, das ist mir jetzt schon klar.

Den Rest des Abends versuche ich nach außen hin so unbefangen wie möglich zu genießen. Ich lache viel und versuche Niels den Eindruck zu geben, dass ich mich bestens unterhalte. Niels kann uns über Nalus Schulter sehen, wir sitzen nur zwei Tische weiter. Gelegentlich schaue ich zu ihnen hinüber und treffe fast immer auf seinen Blick, den er dann verlegen, als hätte er etwas Verbotenes getan, abwendet. Das kann Nalu kaum entgangen sein, ich wäre an ihrer Stelle zumindest alarmiert, denke ich ein bisschen schadenfroh. Als Greg und ich das Restaurant verlassen, bin ich mir seines Blickes in meinem Rücken sicher, ich gebe aber auch alles, um durch meinen Gang seiner Phantasie alle denkbaren Verlockungen zu signalisieren.

Im Auto fällt mir die Maske herunter. Auch Greg bemerkt, dass etwas mit mir nicht stimmt. Als er mich fragt antworte ich ihm nicht, ich kann mich jetzt nicht mit ihm unterhalten und mich von ihm trösten lassen. Ich fühle mich überdreht und gleichzeitig traurig und einsam. Was mache ich nur hier allein im Pazifik, wie konnte ich nur auf diese verrückte Idee kommen. Wir fahren durch die Nacht, ein fremder Mann und ich in einem fremden Land und der Mann, den ich liebe, erkennt mich nicht und steigt wahrscheinlich gleich mit seiner neuen hübschen Freundin verliebt ins Bett.
Ich stammele etwas von Kopfschmerz und lasse Greg im Haus wie einen begossenen Pudel vor meiner Türe stehen. Es ist mir egal, dass Amerikaner anders über Dating denken, dass er sich vielleicht mehr erhofft hatte. Beim Sex hört bei mir die Höflichkeit auf. Ich werfe mich auf mein Bett und mir kommen die Tränen.

Kapitel 13
Die Geister die ich rief

Ob Nalu gestern bei Jaques etwas von meinem Gemütszustand bemerkte, als ich die Rothaarige wiedersah, ist mein erster Gedanke nach dem Aufwachen. Sie war etwas verspannt nach dem Treffen mit ihr für den Rest des Abends. Wie unschuldig sie da neben mir liegt und auf dem Rücken schläft. Ihre Haarpracht umgibt sie wie eine Mähne, das weiche Morgenlicht schmeichelt ihrer Schönheit. So ähnlich muss sich Gauguin in der Südsee gefühlt haben. Wie ich diese Stimmung liebe, gleich wacht sie auf, langt blind tastend wie ein Katzenkind zu mir herüber, gähnt und will Liebe.

Ich frage mich, ob ich diese Idylle gefährden soll. Vielleicht hat die Deutsche gar kein Interesse an mir und belässt es heute bei einem Sunsetdrink. Oder sie erscheint gar nicht zu unserer Verabredung. Aber irgendwie hat sie mich so fasziniert, dass ich zumindest meine Neugierde befriedigen muss. So tolerant muss Nalu schon sein, flüstert der Ed in mir und versucht mein schlechtes Gewissen zu beruhigen. Das Leben ist zu kurz zum Zaudern, und du bist nicht verheiratet. Du ertappst dich gerade dabei, dich für etwas zu rechtfertigen, was wahrscheinlich nie passieren wird. Es scheint aber auch ein Wesenszug von mir, nicht nein sagen zu können. Positiv betrachtet bin ich neugierig und flexibel, anders gesehen inkonsequent und schwach.

Ich werde später noch einmal darüber nachdenken, beschließe ich und verschiebe meinen Gewissenskonflikt erst einmal. Vorsichtig schiebe ich meine Hand unter die Decke und wandere langsam entlang ihres Schenkels. Doch

dann versteift sich ihr Körper, sie schlägt die Augen auf und blickt mich abweisend und kalt an. Dann steht sie wortlos auf.
Als könnte sie Gedanken lesen.
Ich folge ihr in die Küche bis zur Kaffeemaschine. Dort fasse ich sie von hinten um die Taille, reibe mich an ihr und murmele durch ihre duftenden Wuschelhaare:
<Guten Morgen, komm wieder ins Bett, was ist los, hast du heute Morgen neben dir mit jemand anderem gerechnet?>
<Ich hatte einen schlimmen Traum und weiß noch nicht, was ich davon halten soll.>, antwortet sie ernst, und ihr Körper versteift sich.
<Habe ich schlimme Sachen mit dir gemacht? Erzähl ihn mir.>, witzele ich während sie weiter hantiert.
Als sie sich umdreht und mich von sich schiebt, sehe ich ihren eisigen Blick. Mir wird klar, dass zwischen unseren augenblicklichen Empfindungen Welten liegen. Mir schwant, dass meine Einschätzung meiner süßen Hawaiianerin ihres Fundaments entbehrt. Jetzt scheint mir fast, dass ihr madonnenhaftes Äußeres im Gegensatz zu ihrem harten, wenn nicht grausamen Charakter steht. Ihr meist so warmer Blick ist nun völlig gefühllos. Ihr Gesicht ist gänzlich unbewegt, es wirkt maskenhaft und so fremd und gnadenlos, dass ich ihr jetzt alles zutrauen würde. Bin ich ihr gegenüber arglos wie ein Hase, der meint mit dem Fuchs die Höhle teilen zu wollen?
Dann spricht sie langsam und akzentuiert: <Mir ist nicht zum Spaßen zu Mute. Ich habe vom Tod geträumt, und ich glaube an die Prophezeiungen von Träumen.>
<Dann erzähle mir bitte, worum es geht.>, antworte ich nun auch ernst, auch wenn ich nicht an ein Schicksal glaube.

<Ich kann dir nicht mehr genau wiedergeben, worum es ging, es war etwas nebulös. Du warst auf jeden Fall involviert und eine andere Person, die ich nicht kenne. Und eben auch ich. Warum auch immer, an meinen Händen klebte Blut, aber du hattest auch irgendwie Teil daran. Willst du mir einen Gefallen tun?>
<Klar, sag was du meinst.>, antworte ich spontan.
<Dann gehen wir heute zu Chang, meinem spirituellen Freund, in gewissem Sinne ein Wahrsager. Ich frage ihn, ob wir gleich kommen können.>
Ohne meine Antwort abzuwarten telefoniert sie kurz mit ihm, nach einem atmosphärisch unterkühlten Frühstück machen wir uns auch schon auf den Weg.

Wir gehen durch das Dorf seitlich der Hauptstraße. Ich fühle mich unwohl, als wir so wortkarg und ernst am Morgen nebeneinander ohne Körperkontakt spazieren... wie auf dem Weg zum Paartherapeuten, nur dass es etwas zu früh in unserer Beziehung dafür ist. Am liebsten würde ich mich jetzt von dannen machen, einfach umdrehen oder ins Gebüsch springen. Warum habe ich nur blind zugesagt, denke ich mir.
Wir kennen uns zwar erst seit kurzer Zeit, aber wir haben uns jeden Tag gesehen und schon eine recht intensive Beziehung zueinander aufgebaut. Auf der einen Seite genieße ich die Nähe zu ihr, genieße es jemand in meinem Leben zu haben. Aber manchmal ist sie mir so fremd, fast beängstigend. Dann würde ich ihr alles zutrauen, was weiß ich schon von ihr? Ich muss mir eingestehen, dass ihre körperlichen Reize mich geblendet haben.

Ich versuche mich zu erinnern, wie mein früheres Liebesleben war, ich weiß, dass es etliche Frauen in meinem Leben gab. Was ich bei ihnen suchte war auf jeden Fall Vertrauen, Verständnis und menschliche Nähe. Konkret kann ich mich aber an kein Gesicht mehr entsinnen, keine Umgebung oder genauen Details. Den Duft von Frauenkörpern und das weiche Gefühl ihrer Haut kann ich zwar in meiner Erinnerung aktivieren, aber ohne eine Person dabei zu erkennen. Und so scheint es auch mit meinen übrigen verlorenen Gedächtnisinhalten zu bleiben. Ich stelle mir mein Hirn vor wie einen Apfel mit einer faulen Stelle und kicke frustriert einen Stein vor mir her.

Am Ende der Siedlung verlassen wir die Straße und wechseln auf einen Feldweg der steil bergauf führt. Da dort weit und breit nur ein Haus steht, wird das wohl unser Ziel sein. Die architektonische Extravaganz beeindruckt mich. Der ganze ausladende Komplex steht im Hang und besteht überwiegend aus Holz und Glas. Auffällig sind die großen, nach Westen ausgerichteten, verspiegelten Glasflächen. Der Bauherr wollte offensichtlich in einem Gewächshaus leben, nur schöner und ohne dass sich dem Blick Grenzen bieten. Dass es sich in dieser Atmosphäre leichter meditieren lässt, kann ich mir vorstellen.

Als wir vor der Türe stehen und schellen, werden wir durch Kameras beobachtet. Geöffnet wird uns von einer jungen Frau in Surfshorts. Die hätte ich hier nicht erwartet, eher eine Sannyasin.
<Aloha meine Liebe!>, begrüßt sie Nalu mit drei Wangenküssen und drückt sie danach herzlich.
Mich grüßt sie freundlich mit einem: <Welcome!>, reicht mir aber nur etwas förmlich die Hand mit ausgestecktem Arm. Vielleicht spürt sie schon meine unzureichenden spirituellen Vibes, rede ich mir ein. Am Eingang ziehen wir

natürlich die Schlappen aus, dann folgen wir ihrer schlanken, schwebenden Gestalt auf einem dunklen Holzboden, über dem sich ein Glasdachgiebel wie der einer Kathedrale erhebt. Alles ist modern und hell, einige abstrakte Skulpturen säumen den Raum.

Vor der großen Scheibe, die ich schon von der Straße aus bemerkte, sitzt ein Mann im Lotussitz, den Rücken zu uns gekehrt. Ich kann von hier so weit über den grünen Hang bis zum Meer blicken wie meine Sehkraft es zulässt. Er trägt nur eine weiße Leinenhose und ist recht sehnig. Er entspricht genau dem Klischee eines Yogies, den ich hier erwartete.

Nalu umarmt von hinten seinen nackten Rücken und küsst seine Halsbeuge, was mir zu intim und fast anmaßend hinsichtlich seiner augenscheinlich vertieften Meditation erscheint. Seine Reaktion ist aber offensichtlich höchsterfreut. Er dreht sich um, und sein Gesicht zerfurcht sich in unzählige Lachfalten. Dann schließt er Nalu in die Arme. Etwas verwundert mich sein Begrüßungskuss, den er zu ausgedehnt auf ihre Stirn drückt. Nalu stellt uns vor, mir reicht Chang die Hand und bittet uns auf dem Boden in einer Sitzkissengruppe Platz zu nehmen. Dann öffnet er einige Schiebefenster, so dass wir wie auf einer Terrasse vom Wohnzimmer über den Hang zum Meer blicken können.

Changs Äußeres wird durch einen eurasischen Gencocktail bestimmt. Auffällig ist allerdings nicht seine körperliche Erscheinung, sondern seine Aura. Ich fühle mich sofort zu ihm hingezogen, fast schon physisch, ich meine seine angenehme Art riechen zu können.

Er bittet liebevoll das Surfergirl: <Ginger, würdest du uns bitte etwas Tee bringen?>

Sie schreitet barfuß durch den Raum zur offenen Küche, als würde sie einen imaginären Laufsteg nutzen.
Chang schaut mir zunächst ins Gesicht ohne das Gespräch zu eröffnen. Er scheint etwas Zeit zu benötigen, um mein Äußeres zu studieren oder meine Aura zu spüren. Oder beides. Ich erwidere seinen Blick, ohne die Gesprächspause als unangenehm zu empfinden. Dann, als ob er zu einer plötzlichen Erkenntnis gelangt ist, eröffnet er das Gespräch:
<Nalu erzählte mir deine Geschichte. Ob ich euch helfen kann, weiß ich nicht, aber schaut doch mal, was ihr aus meinen Gedanken machen könnt. Nach meiner Erkenntnis ist es unsere Aufgabe im Hier und Jetzt bewusst zu leben, die Vergangenheit und Zukunft sollten die Gegenwart nicht zu sehr beeinflussen. Natürlich ist bewusstes Erleben von erworbenen Fähigkeiten abhängig. Niels, du hast eine einmalige Chance dich und die Welt neu zu entdecken. Hinterfrage nicht nur die Erkenntnisse, zu denen du gelangst, sondern auch immer deine Wahrnehmung und die Beeinflussung in diesem Prozess. Entdecke die Welt neu, aber sei aufmerksam im Umgang mit anderen Menschen. Zeige Mitgefühl, sei achtsam, dass du keine anderen Menschen verletzt.>
Hier macht er eine kurze Pause um seiner Aussage Bedeutung zu verleihen.
<Ich glaube an Prädestination in einem gewissen Rahmen, möglicherweise hatte dein Unfall einen höheren Sinn. Ich möchte dir ein Buch empfehlen, welches dir vielleicht helfen kann. Ich leihe es dir, solange du es brauchen kannst, wenn du möchtest.>
<Nalu bezeichnete dich als Wahrsager>, unterbreche ich ihn, <Glaubst du an derlei Dinge?>

<Wahrsager, das wäre zu viel gesagt. Ich versuche mich für „derlei Dinge" zu sensibilisieren und meine häufig „Dinge" zu spüren, wenn sie Ihren Lauf nehmen.>
<Und was siehst du in meinem Fall?>
<Ich meine, dass du Nalu heute Glück bringst, was mich freut, da mir sehr viel an ihr liegt. Du hast eine positive Aura, was eine gute Startposition für dein neues Leben bedeutet. Ich sehe aber auch einigen Ballast, der aus deiner Vergangenheit hinter dir her rollt und dich irgendwann einholt. Ich befürchte, dass eurem Glück daher Hindernisse im Weg liegen. Bis dahin haben meine Aussagen wenig prophetisches. Aber ich habe da ein Gefühl, das ich dir eigentlich nicht mitteilen möchte, da niemand gerne schlechte Nachrichten überbringt. Ich glaube, dass deine Vergangenheit zu Unglück in der Zukunft führen kann. Genaueres kann ich dir allerdings auch nicht sagen. Daher sei achtsam mit den Menschen in deiner Umgebung, dann kannst du vielleicht den Problemen aus dem Weg gehen!>
Nalus Gesicht verfinstert sich, sie scheint Changs Aussagen doch einiges Gewicht beizumessen. Kurze Zeit später erscheint Ginger mit dem Tee, wir plaudern gemeinsam über dies und das, ohne nochmals auf seine Warnung zu sprechen zu kommen.
Zum Abschied drückt Chang Nalu noch ausgiebig. Mir reicht er noch das versprochene Buch und umarmt mich dieses Mal statt des formellen Handschlages der Begrüßung. Er wünscht mir alles Gute auf meinem Weg. Ein bisschen wie eine Segnung hört es sich an, als ob ich es brauchen könnte. Dabei meine ich fast seine positive Energie zu spüren. Es ist nicht so, dass er ständig lächeln würde. Aber seine Gesichtszüge und seine Mimik wirken entspannt, in sich ruhend und zufrieden. Als ob er sich

heute Morgen Vanilleeis mit Ginger gewünscht hätte und sein Wunsch erhört worden wäre. Er wirkt, als ob er ständig belohnt würde und vielleicht ist das bei weisen Menschen auch so. Kann man tatsächlich die Energie eines Menschen spüren, die er besitzt oder die ihn umgibt? Seit eben habe ich das Gefühl. Hat das Gehirntrauma in der Hinsicht meine Sinne geschärft, oder hatte ich schon vorher die Sensibilität und war mir ihrer nicht bewusst?

Auf dem Rückweg schweigt Nalu zunächst, wobei ich meine ihre Gedanken summen zu hören. Zumindest hält sie jetzt meine Hand. Um die Stille zu unterbrechen frage ich sie, was für eine Beziehung Chang und sie verbindet.
Nalu antwortet: <Wir waren ein paar Monate glücklich miteinander und pflegen seitdem eine sehr herzliche Freundschaft. Wobei du dir keine Gedanken machen musst, wir schlafen nicht mehr zusammen. Ich halte allerdings sehr viel von seiner Meinung und seinen Visionen. Er sagte eben, dass du mir heute Glück bringst, aber ein Unglück passieren mag, wobei das irgendwie mit deiner Vergangenheit zusammenhängt. Lass uns bitte die Augen aufhalten und schlage nicht seine Warnung in den Wind. Versprichst du mir das?>
<Auf jeden Fall!>, antworte ich ernsthaft, um sie zu beruhigen und das Thema zu beenden.
Später frage ich sie, vielleicht etwas zu neugierig, wovon er eigentlich lebt.
<Geld hat für ihn wenig Bedeutung, er hat meines Wissens nie konventionell gearbeitet. Ich glaube, er ist gelegentlich an der Börse aktiv. Vielleicht kommen ihm da seine Visionen zu Hilfe.>, antwortet sie schmunzelnd.
Dass Geld für ihn möglicherweise auch wenig Bedeutung hat, weil er augenscheinlich mehr als genug davon hat,

möchte ich ihr nicht erläutern. Ich glaube, es ist nicht das, was Nalu damit meint. Ich vermeide, die ohnehin angespannte Atmosphäre auch noch mit Diskussionen über solche Bedeutungslosigkeiten zu belasten. Für den heutigen Tag verabschiede ich mich von ihr vor ihrem Haus mit der Ausrede, etwas Surfen gehen zu wollen.
Wir drücken uns ausgiebig, Nalu schaut mir ins Gesicht und bittet mich nochmals nachdrücklich:
<Bitte denk an seine Worte... kommst du morgen Abend zum Essen zu mir?>
Ich freue mich über ihre Einladung nach all den Missstimmungen. Also sage ich zu, obwohl ich jetzt auch etwas Abstand von ihr brauchen könnte. Sie drückt mir noch einen Kuss auf den Mund, bevor ich zum Auto gehe.

Als ich los fahre, steht sie immer noch in der Türe und schaut mir nach. Sie sieht etwas verloren aus und ich habe kein gutes Gefühl jetzt abzufahren. Etwas steht zwischen uns. Mir scheint, dass sie sich umso mehr in unsere Beziehung hineinsteigert, je mehr ich mich entferne.
Später auf der Fahrt denke ich über das Gespräch mit Chang nach. Auch wenn ich nicht so weit an übersinnliche Fähigkeiten glaube, wie es Nalu zu tun scheint, nehme ich mir vor aufmerksamer zu sein. Ich glaube nicht, dass ich mir einen Mangel an Achtsamkeit vorwerfen muss, wenn ich die Deutsche wiedersehe. Was hat das schon zu bedeuten. Changs Buch zu lesen nehme ich mit fest vor.
Sein Titel lautet: Das Leben des Buddha.

Ich muss mir eingestehen, dass Changs aufwendiger Lebensstiel mich beeindruckt hat. Wie kann das sein, da ich bisher nicht das Gefühl hatte, dass es mir an etwas fehlt. Dann sehe ich ihn, den Esoteriker in der Designervilla mit der jungen hübschen Freundin und ich meine, mich mit meiner finanziellen Situation beschäftigen zu müssen. Bisher habe ich das Thema erfolgreich verdrängt. Wenn ich allerdings Chang betrachte frage ich mich, ob es mir immer reichen wird, mich wie Nalu durchzumogeln. Sein Zustand scheint mir erstrebenswerter. Er sitzt dort oben nonchalant auf seinem Hochsitz und gibt seinen Anhängern Audienzen. Vielleicht wird Geld auch für Nalu bedeutsamer, wenn ich ihr auf der Tasche liege und es knapp wird, weil ich hier nicht arbeiten darf. Vielleicht hat Chang ohne es zu wollen meine paradiesische Gedankenlosigkeit gestört, auch wenn er predigte, in der Gegenwart zu leben.

Zu Hause packe ich meine Kiteutensilien zusammen, einen 9m2 Schirm und das Kiteboard, das aussieht wie ein kleiner Wellenreiter mit zwei Fußschlaufen in der Brettmitte. Am Kanaha Beach verweisen Schilder die Kitesurfer zum Strand in Lee der Windsurfer. Dort pumpe ich meinen Schirm auf. Beim Start benötigt der Kitesurfer eine zweite Person, die den Kite anhebt und in den Wind stellt, nachdem der Surfer sich am andern Ende der Schnüre mit seinem Trapezhaken eingehakt hat. Ich bitte eine junge Frau, die mit ihrem Buch am Strand liegt, beim Start zu helfen. Sie steht direkt auf und sagt freundlich: <Gerne.>
Nachdem sie mir geholfen hat, ruft sie mir lachend nach, als ich losfahre: <Genieß es!>
Manchmal können auch kleine Gesten Wirkung entfachen. Wahrscheinlich ist es auch das, was Chang mit Achtsamkeit meint. Sie freut sich für mich, irgendwie fühle ich mich mit ihr verbunden und strahle auch.

Kaum spüre ich die Kraft im Schirm, lasse ich alle Gedanken am Ufer zurück. Ich benötige so viel Konzentration für mein Tun, dass für alles andere kein Raum mehr bleibt. Der Kite zieht mich wie beim Wasserskien mit hohem Tempo vorwärts, ich muss aufpassen, den Wasserkontakt der Brettkante nicht zu verlieren. So nähere ich mich dem weit vor der Küste liegenden Riff. Heute laufen genauso schöne Wellen wie bei meiner Windsurfsession. Allerdings hat der Kiter gegenüber den anderen Surfern den Vorteil, sich der Gefahr der Welle durch Flucht nach oben entziehen zu können, soweit er denn das Springen gut genug beherrscht. Weit vor mir bricht eine Welle auf dem Riff und nun rollt ein brodelnder Schaumteppich auf mich zu, den ich nicht durchfahren könnte ohne verschluckt zu werden. Also reiße ich den Kite nach hinten, die Fahrt bremst abrupt und der Schirm schwingt mich wie das Pendel einer Uhr in die Lüfte. Es zieht mich weit in die Höhe, dann segele ich wie an einem Fallschirm und lande schließlich hinter dem Hindernis sanft auf der Wasseroberfläche. Doch schon nähert sich eine weitere Welle des Sets*, sie erscheint mir wie ein kleiner Tsunami, nach rechts wie links, ein massiver Wall. Der Anblick dieser türkisen, konkaven Wand, die sich mir schnell auf breiter Front nähert, erzeugt in mir das gemischte Gefühl aus Angst, aber auch genauso der Ehrfurcht und Begeisterung für ihre Schönheit, Symmetrie und Kraft.

Nur in wenigen Ecken der Welt schafft es die Natur Wellen in dieser Höhe und perfekten Form zu kreieren. Hier in Hawaii trifft der Swell*, der über tausende Kilometer über den Pazifik wandert und ursprünglich aus Stürmen an den Polen entstand, auf einen im tiefen Meer als Hindernis steil ansteigenden Festlandssockel, der von Riffen umsäumt ist.

Nur das Zusammenspiel aller Faktoren erzeugt schließlich solch hohe, perfekte Riffwellen, die endlos lang laufen ohne in sich zusammenzufallen.

Diese Welle bricht noch nicht vor mir, und ich nutze den Wellenkamm als Sprungschanze, um mich in Schwindel erregende Höhen zu schießen. Es ist im wahrsten Sinne ein himmlischer Sport, ich sehe das Meer unter mir aus der Vogelperspektive. Das Riff liegt hier nur knapp unter der Wasseroberfläche, durch das klare Wasser lassen sich die bunten Korallen erkennen. Nach der sanften, vom Schirm gebremsten Landung fahre ich weit über das Riff hinaus. Hier wird das Wasser plötzlich dunkel und es ist fast sicher, dass mich etliche Augen aus der Tiefe beobachten.

Hier in Hawaii kann man noch von einem intakten Ökosystem sprechen. Mich erbaut das Zusammenleben von so vielen Meeresbewohnern. Hinter den Riffen treffe ich oft auf Schildkröten und Delphine die mich, den Eindringling, neugierig und arglos beäugen und mir das Gefühl eines harmonischen Miteinanders geben. Jetzt im Winter tummeln sich auch Buckelwale im tiefen Wasser. Man kann die riesigen Körper schon von weitem sehen. Die ständige Anwesenheit von Haien, die allerdings unsichtbar bleiben, erhöht den Pulsschlag noch dazu. Fragst du einen Hawaiianer, ob es an dieser oder jenen Küste Haie gibt, dann antwortet er dir: <Stecke den Finger ins Wasser, wenn er salzig schmeckt, dann ja.> In den Gewässern um Hawaii herum gibt es tatsächlich sehr viele Haie fast aller Gattungen. Hier sind auch häufig Tigerhaie anzutreffen, die sich unter anderem gerne von den vielen Schildkröten ernähren, deren Panzer sie dank ihrer dafür geeigneten Zähne knacken können. Tigerhaie sind neben dem Weißen Hai und Bullenhai leider auch eine der wenigen Haigattungen, die unprovoziert Menschen

angreifen, wenn auch nur sehr selten. Aber wie viel langweiliger wäre das Meer ohne sie. Als Surfer begreift man auch ein Glied der Nahrungskette zu sein, eine existentielle Erfahrung, die man nur noch selten auf diesem Planeten erlebt.
Aber was soll ich mir Gedanken über Haie machen. Wenn es mein Schicksal gewesen wäre, im Wasser zu sterben, dann wäre es vor kurzem passiert.

Weit draußen vor der Küste halse ich auf dem majestätischen Hang einer Dünungswelle, die aber schon bald ihre noch flache Front zu einer Steilwand aufbauen wird. Ich gleite immer schneller vor ihr her und stelle jetzt den Schirm in Ruheposition schräg über mich, da ich nur noch den Schub der Welle als Antrieb nutzen möchte. Links von mir wird der Hang bedenklich steil, also fahre ich in die Kurve zum ersten Buttom turn* nach rechts. Dann schieße ich nach oben zum Cutback*, wobei das Wasser in einem Bogen in die Luft sprüht. So reite ich in Sinuskurven entlang des wunderbaren, blauen Hanges, bis sein Ende vollständig mit einem lauten Donnern in sich zusammen fällt, nicht ohne mir seinen frischen Gischtatem noch in den Nacken zu pusten. Was für ein Glücksmoment nun über die schaumige, gleißend weiße Fläche zu entkommen. Ich reite noch einige Wellen, dann entscheide ich den Tag zu beenden. Doch in der letzten Kurve taucht die Brettspitze ein, ich werde aus den Schlaufen gerissen und von der Welle verschluckt. Sie schleudert mich wie in einer übergroßen Waschmaschine, aber ich schaffe es mit viel Glück den Schirm am Himmel zu halten. Als ich auftauche, sehe ich mein Brett nicht mehr, wo hat die Welle es hin getragen? Ich lasse mich von meinem Kite durch das Wasser ziehen, bis ich endlich das Surfboard sehe. Ich steige schnell wieder auf und bin froh, mich nicht weiter so schutzlos durch das Wasser bewegen zu müssen. Erschöpft kehre ich zum Strand zurück. Vom Wasser aus betrachtet sieht der Palmenwald aus wie ein Spalier, der sich im Winde beugt und mich begrüßt.

Ich lasse mich rücklings in den Sand fallen und spüre die Wärme auf meiner Haut. Mein Puls beruhigt sich, ich schaue in den blauen Himmel und greife in den feinen Sand um mich zu vergewissern, dass ich nicht träume. Dann führe ich mir nochmals die besten Momente der Session vor Augen und freue mich wieder, vielleicht sogar bewusster. Ich möchte versuchen, sie so gut wie möglich in Erinnerung zu behalten. Wer weiß, wozu man einmal ein Gedächtnis gefüllt mit spannenden Erlebnissen braucht. Im besten Fall um Alpträume zu verscheuchen. Im schlimmsten Fall, wenn man nicht mehr selbst aktiv an diesem wunderbaren Leben teilhaben kann.
Was immer ich verloren habe, falls es nie wieder aus den Tiefen meines Gedächtnisses auftauchen wird, werde ich nun durch neues ersetzen müssen. Heute war ein guter Anfang.

Am Auto stelle ich fest dass der Sonnenuntergang sich nähert und ich keine Zeit mehr zum Kleidungswechsel vor meinem Date mit Petra habe. Warum auch, denke ich mir, was dem Engländer sein Tweed Jackett ist, sei dem Hawaiianer seine Surfshort. Ich dusche schnell an einer der Strandduschen und werfe dabei einen letzten Blick auf das Meer. Da ich ein Handtuch vergaß, setze ich mich nass mit Shorts ins Auto, der Fahrtwind trocknet mich wie ein warmer Föhn.

Entspannt rolle ich auf den Parkplatz am Hookipa Lookout. Ich bin verwundert Petra nicht zu sehen, da die Sonne nun schon recht tief steht. Als ich mir gerade mein T-Shirt überziehe, kommt mir ihr Auto entgegen.

Kapitel 14
Mottengleich
(oder: Am Haken)

Ich hätte heute weniger an den Abend denken sollen, einfach das Meer genießen und die Dinge auf mich zukommen lassen. Stattdessen bin ich stundenlang am Strand spazieren gegangen und habe nachgedacht. Warum soll ich Niels nicht reinen Wein einschenken und ihm vorschlagen, noch einen gemeinsamen Versuch zu starten? Irgendwann muss ich ihn sowieso aufklären und je länger ich mich verstecke, umso mehr wird er mir später Vorwürfe machen und sich zu Recht betrogen fühlen. Auf der anderen Seite will ich ihn erst am Haken haben, er soll sich verlieben, dann werden seine Vorwürfe milder ausfallen. Später werden wir bestimmt darüber lachen können. Ich stelle mir sein Gesicht vor, wie ich ihn mit der Wahrheit konfrontiere. Zunächst schaut er befremdet, runzelt die Stirn, fängt an zu lachen und nimmt mich in den Arm und wir küssen uns. Im nächsten Augenblick verdrängt aber eine andere Vision die Idylle. Die Befremdung und Ungläubigkeit in seinem Gesichtsausdruck weicht der Fassungslosigkeit. Er schüttelt den Kopf und ich weiß nicht, ob er sich nur einfach umdreht und mich stehen lässt, oder mich beschimpft und dann geht. Jetzt wird mir etwas flau im Magen, ich muss mit dem Grübeln aufhören. Je nachdem was der Abend für einen Lauf nimmt, entscheide ich auf der Fahrt zu unserem Treffpunkt, kann ich mich schon heute outen und das Versteckspiel beenden.

Ich spreche mir noch einmal Mut zu bevor ich ankomme. Schließlich habe ich vorhin fast zwei Stunden vor dem Spiegel gestanden, ich wollte nichts dem Zufall überlassen. Ich denke, ich bin gute in Form, leicht gebräunt und mit kurzem Kleid kein schlechter Anblick. Zu einem Date darf man sich durchaus auch etwas einfallen lassen.
Da steht er auch schon und wartet, perfekt geplant, das erhöht die Spannung. Er kommt auch brav auf mein Auto zu und öffnet mir die Türe, soviel Entgegenkommen stimmt mich optimistisch. Obwohl seine Surfshort und sein T-Shirt nicht dafür sprechen, dass er nervös auf unser Date hin gefiebert hat.

<Hi Niels, ich bin leider etwas spät, sorry, ich war mit einem Freund am Strand spazieren und habe einfach die Zeit vergessen.> begrüße ich ihn beim Aussteigen und beginne unseren Abend mit der Unwahrheit.
<Schön dich zu sehen!>, strahlt er mich an und gibt mir rechts und links einen Begrüßungskuss. <Ich bin auch gerade eben erst eingetroffen, ich war kiten und die Zeit wurde knapp. Um nicht zu spät zu sein und dich nicht zu verpassen, habe ich mich nicht umgezogen, ich hoffe du verzeihst.>, entschuldigt er sich und tritt einen Schritt zurück.
Das war schon immer bezeichnend für ihn, ich nehme mir den Tag Zeit um mich zu Recht zu machen und er vergisst sich umzuziehen. Außerdem fragt er nicht nach, mit wem ich spazieren war, ein bisschen mehr Interesse sollte er schon zeigen. Jetzt werde ich erst mal sein liebstes Gesprächsthema anschlagen, es gibt wohl kaum einen männlichen Wassersportler dem es nicht an weiblichen Seelenverwandten fehlt. Auf eine Surferin kommen in Europa wahrscheinlich neun Surfer.

Lachend entgegne ich: <Surfen ist bei mir immer eine legitime Entschuldigung. Ich war auch mit einem Freund Windsurfen und hatte eine perfekte Session.>
Sofort weiten sich seine Augen ungläubig und er hakt ein: <Ach, du bist Windsurferin, das hätte ich nicht gedacht.>
<Das ihr Männer immer so zu Vorurteilen neigen müsst.>, werfe ich schnippisch ein.
<Was für Vorurteile meinst du?>
<Für die meisten grob strukturierten Männer gilt anscheinend die Grundregel, dass Frauen langweilig und dumm sind und ihre Leidenschaft sich im Shoppen und Cappuccinotrinken erschöpft. Danke für das Kompliment.>, versuche ich ihn zu provozieren.
<Ok, ich entschuldige mich für meine Gattung. Du hast Recht, wenn auch aus anderen Gründen. Meine schlechte Menschenkenntnis hat dich eher vor der Kulisse einer Pferderennbahn als an einem Surfstrand eingeordnet. Dir fehlen die Adern, die die Arme der Windsurferinnen meistens zieren. Wobei das ein Kompliment ist, es gibt nicht viele gut aussehende Surferinnen. Die sind häufig zu muskulös und gegerbt.>, rechtfertigt er sich charmant und streift dabei kurz über meinen Unterarm. Um dem Gespräch die richtige Richtung zu geben, besinne ich mich unserer ewigen Diskussionen über den Sinn des Lebens, beziehungsweise seiner Sicht des Lebens und antworte in seinem Geiste:
<Für mich ist Surfen mehr als nur ein Sport, es ist ein Lebensstil. Die Natur gibt dir die Regeln vor. Du musst dich auf etwas einlassen, dass du nicht beeinflussen kannst. Du solltest viel Zeit mitbringen und den Weg als Ziel begreifen, sonst wirst du keinen Spaß haben. Anders als beim Golf wo der Platz ruhig auf den Spieler wartet, kannst

du den Wind und die Wellen nicht anstellen. Also reise ich viel und lerne zu warten und die Natur zu begreifen.>
<Du sprichst mir aus der Seele.>, antwortet er beeindruckt, <Hast du denn jemanden, mit dem du deine Leidenschaft teilen kannst?>, hake ich direkt ein, um die Fakten zu klären.
<Leider nein.>, verdüstert sich sein Gesicht, <Wahrscheinlich würde ich meine Geschichte nicht beim ersten Date erzählen, aber ich möchte keine Geheimniskrämerei veranstalten. Ich hatte vor kurzem einen Unfall, bei dem mein Gedächtnis in Mitleidenschaft gezogen wurde. Ich verlor viele Erinnerungen, glücklicherweise aber nicht meine Fertigkeiten und Sprache. Ob ich in Deutschland Freunde hatte, weiß ich nicht. Du könntest meine Schwester gewesen sein, und ich wüsste es nicht mehr.>, schaut er mich deprimiert an.
Dann fährt er fort: <Ich versuche meinem Schicksal etwas positives abzuringen. Ich habe die einmalige Chance, hier ein zweites Leben zu beginnen. Wenn es misslingt, kann ich immer noch nach Deutschland heimkehren und versuchen, mich mit meiner alten Existenz wieder anzufreunden. Also denke ich mir, sei mutig, neues Spiel, neues Glück.>
Das war ein Schlag in den Magen, jetzt trägt er sich schon mit dem Gedanken hier zu bleiben. Nur die Ruhe bewahren und nichts anmerken lassen, sage ich mir. Ich antworte nicht, schaue ihn mitfühlend an und gebe vor, seine augenblickliche Gefühlslage zu teilen. Nach einigen Augenblicken lege ich meine Hand auf seinen blond behaarten Unterarm und entgegne ergriffen:
<Mein Gott, das tut mir leid.>
Dann warte ich einen Augenblick und frage:

<Wie geht es dir denn jetzt gesundheitlich? Man merkt dir eigentlich nichts an. Wenn ich dir irgendwie helfen kann, dann sag es mir...>
<Danke, es ist weniger schlimm, als es sich anhört. Körperlich bin ich wieder hergestellt, ich hatte nur eine größere Beule und die ist verschwunden. Meine Hirnfunktion ist wieder völlig normal, bis auf eine Gedächtnislücke halt. Ich weiß nicht, was ich verloren habe, deshalb kann ich dem auch nicht nachtrauern. Daher kenne ich auch kein Heimweh>, lächelt er schon wieder, <Diese Lücke nutze ich gerade zu einem Reset, ich starte neu und versuche die Welt zu entdecken. Man braucht nicht viel um glücklich zu sein auf dieser Insel. Ich versuche jeden Moment bewusst zu erleben, mich zu freuen, Details wahrzunehmen und keine Routine aufkommen zu lassen. Ich versuche unvoreingenommen neue Menschen kennen zu lernen und frage mich, was ich zu meinem Leben wirklich brauche. Vermisst habe ich hier bisher nichts. Du bist der erste persönliche Kontakt mit Deutschland. Allerdings sprichst du für den Zauber meiner Heimat!>, säuselt er, schaut mir in die Augen und ergänzt: <Ich glaube hier mein Glück finden zu können. Vielleicht bleibe ich auf der Insel.>
Langsam nehme ich meine Hand von seinem Unterarm. Was er mir offenbarte, bringt mich durcheinander. Ich brauche jetzt eine neue Strategie, ich überlege kurz und antworte:
<Da kann ich dich verstehen, mir geht es genauso. Ich brauche zum Leben nur die Liebe und eine Umgebung wie diese hier. Die meisten materiellen Dinge sind mir gleichgültig, könnte ich abends mit meinem Mann vor meiner Hütte in diesem Klima sitzen, gelegentlich Surfen oder tauchen gehen und einfach mit der Natur leben.>

Nach einer kurzen Gesprächspause necke ich ihn mit ironischem Unterton, um mehr über sein Verhältnis zu dieser brünetten Schönheit zu erfahren, die er gestern ausführte: <Hast du die schöne Hawaiianerin bei deiner unvoreingenommenen Inselentdeckung kennengelernt?>
<Du meinst Nalu, die du bei Jaques in meiner Begleitung trafst? Ja, sie gehört zu den positiven Erfahrungen, wenn gleich sie vielleicht nie mein Soulmate werden wird.>
Da hake ich gleich ein und ergänze spöttisch: <Na, wenn du so genügsam bist, dass der Rest dir reicht.>
<Nein, so ist das nicht, klar kenne ich sie noch nicht so lange und wir entstammen einem unterschiedlichen kulturellen Umfeld, aber wir verstehen uns gut. Sie ist ein attraktive Frau und ...>
<Wie lange kennt ihr euch denn schon?>, unterbreche ich ihn und hoffe, dass er mir meine bohrende Eifersucht nicht anmerkt.
<Na ja, eine Woche.>
<Und was bedeutet sie dir?>, frage ich vermeintlich einfühlsam und interessiert.
<Das kann ich heute nicht sagen, bisher haben wir eine Affäre und schauen was die Zukunft bringt. Lass uns doch von dir sprechen, bist du in einer Beziehung?>
<Nein,>, antworte ich kurz und knapp, mal ohne die Unwahrheit zu sagen, <Wobei du mir versprochen hattest, das Thema auszulassen.>

Mittlerweile ist es dunkel geworden. Wir stehen immer noch an derselben Stelle, blicken in die Nacht und sprechen miteinander. Der Wind hat etwas nachgelassen und unter uns rollen im Mondlicht die Wellen an den Strand.
Niels dreht er sich zu mir und fragt:

<Ich sterbe vor Hunger, sollen wir zusammen essen gehen?>
Ich richte mich auch auf und stelle mich ihm gegenüber, nur wenige Zentimeter Distanz liegen zwischen meinen Brüsten und seinen verschränkten Armen. Eine wehende Haarsträhne streift sein Gesicht und wir schauen uns vielsagend in die Augen.
Dann antworte ich: <Gerne, wo?>
<Wir könnten zu mir gehen, aber ich habe nur eine kleine Hütte.>
<Wenn du artig bist, dann lass uns Wein und Sushi kaufen und auf meiner Terrasse tafeln, OK?>, schlage ich vor.
<Ich kann es nicht erwarten! Magst du artige Männer?>, antwortet er charmant grinsend und fast versehentlich streife ich seinen Arm mit meiner Brust, als ich mich drehe um zu meinem Auto zu gehen.

Da spüre ich seine Hand auf meiner Schulter und bleibe stehen, er dreht mich um und zieht mich in seine Arme. Als er mich küsst, fühle ich mich zu ihm hingezogen wie am ersten Abend. Selbst sein kratzender Bart macht mich ziemlich an. Dass Küssen so viel Spaß macht, hatte ich fast vergessen. Seine Hände wandern irgendwann von meinem Rücken zu meinem Po, dann wieder hoch zu meiner Taille und zu meinen Brüsten. Ich spüre, dass er hart wird und muss mich zwingen, ihn hier zu unterbrechen. Ein bisschen soll er noch zappeln. Ich möchte ihm keine leichte Beute sein, winde mich aus seinen Armen, laufe zum Auto und rufe ihm zu:
<Los, fahr hinter mir her!>

Kapitel 15 Verliebt

Auf der Landstraße nach Paia jage ich ihren Rücklichtern hinterher. Sie fährt sehr schnell, ich fühle mich wie im Rausch und will keinen Abstand zu ihrem Auto lassen. Kurz meldet sich mein Gewissen und ich frage mich, ob das gut ist, was ich da tue. Meinte ich noch vor kurzem in Nalu verliebt zu sein, verdreht mir diese rothaarige Deutsche jetzt völlig den Kopf und lässt die Gefühle zu Nalu unbedeutend erscheinen. Wie kann das so schnell passieren? Der kulturelle Background spielt doch eine deutlich größere Rolle, als ich es mir eingestehen wollte. Ich habe vom ersten Augenblick an den Eindruck, dass Petra mich versteht. Was für eine Frau, so selbstbewusst und trotzdem weiblich, sensibel und mitfühlend, die meine Leidenschaften teilt und die dazu noch bezaubernd aussieht. Und es scheint mir, dass die Begeisterung für einander gegenseitig ist.

In Paia halten wir beim Supermarkt an, laufen euphorisch albernd durch den Laden und können nicht die Finger von einander lassen. An der Kasse flüstere ich ihr wie ein Pennäler anzüglich ins Ohr:

<Ich kann es nicht erwarten, dein Appartement zu sehen und von deinem Sushi zu kosten!>

Sie antwortet kichernd wie ein kleines Mädchen: <Wir müssen uns beeilen, in meiner Pension ist um 22.00 Zapfenstreich.>

In ihrem Appartement angekommen habe ich sie schon im Arm, als die Türe hinter uns zufällt. Ich werfe sie auf das große Bett, der Wein und das Sushi landen auf dem Boden.

Erst küssen wir uns wild und wälzen uns hin und her. Dann setzt sie sich auf mich und knöpft ihr Kleid auf. Ich muss mich bremsen, ihr nicht den Stoff vom Körper zu reißen und beobachte sie, wie sie sich erst langsam das Shirt über den Kopf zieht und der weiße Spitzen-BH mit der schweren Füllung sichtbar wird. Dann öffnet sie gemächlich den Verschluss auf ihrem Rücken und ihre wunderbare weiße Pracht fällt mir entgegen. Sie schaut mir ins Gesicht und knetet stolz die beiden üppigen weichen Massen, als ob sie sich meiner Aufmerksamkeit nicht schon sicher wäre. Ich kann nicht anders, als ihren kreisenden Bewegungen wie hypnotisiert zu folgen. Dann kommt sie über mich und lässt sie mir ins Gesicht fallen. Endlich kann ich mich mit ihnen befassen. Ich knete und lutsche ihren schneeweißen Busen und schenke den so verletzlich erscheinenden rosafarbenen Brustwarzen mit den jetzt steifen Nippeln meine Aufmerksamkeit. Ihr Atem geht in ein Stöhnen über. Sie gibt mir das Gefühl mich zu begehren, was mich erregt. Im Mondlicht wirkt ihre Haut wie Elfenbein, ihr Parfüm berauscht mich. Für mich ist sie der Inbegriff der Femme fatale. Ich fühle mich nicht fremd bei ihr und genieße ihre Schönheit wie ein Kunstwerk, das mich ergreift.
Es ist, als ob wir uns aus einem früheren Leben kennen, geht es mir durch den Kopf...
Als ich ihren Körper weiter entkleide, gibt es kein Zurück mehr. Erst küsse ich ihren Bauchnabel, schließlich ihren glatt rasierten Schamhügel. Doch als meine Lippen weiter abwärts wandern hält sie meinen Kopf fest und bittet mich hier abzubrechen. Ich bin so wild auf ihren Alabasterkörper, mein Schritt pulst so schmerzhaft, dass ich mir nehmen will, was ich so begehre. Eine letzte Sicherung bewahrt mich glücklicherweise vor dem

Kurzschluss und ich akzeptiere ihren Wunsch. Wir schmusen noch ein wenig und sitzen später lachend halbnackt im Bett während wir Wein trinken. Ich muss ihr immer wieder in die Augen schauen, wenn sie meinen Blick erwidert wird mir vor Glück schwindelig .
Wir philosophieren noch lange über Mentalitäten, das Auswandern und Lebensentwürfe mit einem verblüffenden Einverständnis wie ein altes Liebespaar. Irgendwann bittet sie mich zu gehen, da sie durch den Jetlag noch sehr müde sei. Während ich mich anziehe, gehe ich dreimal zur ihr zurück um sie zu küssen. Schließlich bringt sie mich im Slip zur Appartementtür. Dort gibt mir noch einen langen Abschiedskuss und einen Zettel mit ihrer Telefonnummer. Wir verabreden uns, übermorgen gemeinsam Surfen zu gehen. Nur gut, dass sie noch einige Zeit auf der Insel ist.

Schweren Herzens fahre ich spät in der Nacht zu meiner Hütte zurück. Ich habe das verwirrende Gefühl, bei ihr zu Hause zu sein, zu ihr zu gehören, obwohl wir uns kaum kennen. Immer wieder war ich erstaunt im Gespräch auf Anhieb von ihr verstanden zu werden und über den gleichen Witz lachen zu können. Auch wenn wir nicht miteinander geschlafen haben, bin ich doch von ihr hingerissen.
Vielleicht ist die in tausenden Wintern entstandene nordeuropäische Tiefsinnigkeit und Melancholie auch Voraussetzung für so ein unmittelbares Verständnis für einander, wie Petra und ich es erleben. Dass wir immer in die Zukunft denken und Pläne schmieden müssen.
Wie viel habe ich mir mir darüber phantasiert, wie es wäre hier oder dort zu leben, statt es einfach zu machen. Gibt es so etwas wie einen kulturellen Common Sense? Nach nur so kurzer Zeit scheinen wir uns schon besser zu kennen als

Nalu und ich. Welch ein Genuss mit ihr zu diskutieren, sie provoziert und neckt und wir kommen uns trotzdem immer näher. Manchmal scheint sie regelrecht meine Gedanken lesen zu können, sie scheint zu wissen was ich fühle.
Sie berührt meine Seele, ich fühle mich wie hypnotisiert von ihren blauen Augen.

Kapitel 16 Erkenntnis

Am nächsten Morgen wache ich spät auf, setze mich auf meine Terrasse mit einer Tasse Kaffee und blicke verschlafen in die Umgebung. Immer wieder muss ich schmunzeln, wenn ich mich an Momente des gestrigen Abends erinnere. Als ich mir die zweite Tasse Kaffee hole, stolpere ich über Chengs Buch, das ich auf dem Boden liegen ließ.
Das betrachte ich als ein Zeichen.

Drei Stunden später lese ich noch immer so konzentriert, dass ich die durch den Garten streunende Vermieterin nur aus dem Augenwinkel wahrnehme und ignoriere. Erstaunlich, dass mich Cheng hier und jetzt mit diesem Buch konfrontiert. Er muss verstanden haben, was mich augenblicklich bewegt, ohne mich zu kennen. Auch wenn ich kein buddhistischer Mönch nach der Lektüre des Buches werde, so werde ich mir doch den zentralen Gedanken bei meiner Sinnsuche zu Herzen nehmen: Die Befriedigung von Bedürfnissen erzeugt neue Bedürfnisse. Somit können wir nie zufrieden werden, außer wir entkommen der tückischen Gier durch ihre Erkenntnis. Wir müssen daher verschiedene Phasen durchleben und dann durch die Erkenntnis den rechten, ethischen Pfad wählen, um weise und glücklich zu werden. Aber muss ich dazu enthaltsam sein und fastend durch den Wald ziehen? Das kann man Chang auch nicht nachsagen. Ich meine die Botschaft verstanden zu haben und werde versuchen, durch bewusstes Erleben und Genießen zum Glück zu gelangen.

Fangen wir doch heute mit einem bewussten Tag am Strand an. Enthaltsam werde ich zumindest in Bezug auf meine Vermieterin, entscheide ich von besten Vorsätzen beseelt, als ich an ihrem Büro vorbeihusche und ihr kokettes Winken ignoriere.

Ein Satz geht mir auf der anschließenden Fahrt immer wieder durch den Kopf, obwohl er nicht im Buch stand, sondern auf einem ledernen, abgenutzten Lesezeichen, das in Changs Buch einlag: Meditieren heißt, in eine Idee aufgehen und sich darin verlieren während Denken heißt, von einer Idee zur anderen hupfen, sich in der Quantität tummeln, Nichtigkeiten anhäufen, Begriff auf Begriff, Ziel auf Ziel verfolgen. (Emile Cioran, 1949)

Kapitel 17 Gewitter

Heute schwächelt der Wind, aber es laufen schöne Wellen auf glattem Wasser und ich entschließe mich Wellenreiten zu gehen, da ich Nalu erst später treffen werde.

Ich bin eins mit mir und dem, was ich dort mache. Ich sitze auf meinem Brett, lasse meinen Blick schweifen und werde eins mit der Natur, die Zeit steht still. Keinen unnützen Gedanken verschwende ich für etwas anderes als meine freudvolle Beschäftigung und komme Stunden später dankbar für dieses Erlebnis zurück zum Strand.
Danach sitze ich am Ufer im Schatten und schaue auf das Meer. Spaßeshalber versuche ich den Lotussitz und legte meine Hände auf die Knie. Mein Puls wird ruhiger und ich schließe meine Augen. Ich versuche nur den Moment wahrzunehmen und alles andere auszublenden, was mich ablenkt. So wie ich es auch schon zuvor tat, auf dem Wasser aber in Aktion. Jetzt allerdings falle ich in meditative Trance, die Zeit verrinnt und ich fühle mich völlig entspannt. Schließlich beende ich meine Übung und mache mich auf den Weg nach Hause.
Ich frage mich, was mir mehr gegeben hat, die Meditation oder das Surfen und bin mir nicht sicher. Beides war meditativ und spirituell, so unterschiedlich es auch war... und beides hat seine Berechtigung. Von meiner heutigen Erkenntnis fühle ich mich wie erleuchtet.
Was brauche ich mehr zu einem glücklichen Tag.

Jetzt im Auto auf dem Rückweg vom Strand genieße ich die physische Ermattung die der Tag mit sich bringt. Ich

liebe den Weg durch die tropisch grünen Landschaften im warmen Abendlicht. Doch je weiter ich mich vom Strand entferne desto mehr werden meine guten Schwingungen gestört durch ein aufkommendes ungutes Gefühl in meinem Bauch.
Es gelingt mir nicht mehr, mich auf Nalu zu freuen wie zuvor. Ich sollte sie heute nicht treffen, ich darf sie nicht weiter über Petra belügen und mit ihr über ihre Angsträume sprechen, sagt mir mein Gewissen. Aus unserem Verhältnis wird nicht die große Liebe werden, muss ich mir jetzt eingestehen. Sie erwartet mehr von unserer Beziehung als ich heute. Ich habe ihr geschworen, Petra nicht wiederzusehen. Wenn sie die Wahrheit über Petra und mich erfährt wird sie toben. Und wie Wut sich bei ihr anfühlt, ist mir bekannt.
Ich versuche an ihre warme, braune Haut, ihre Leidenschaft und Lebenslust zu denken und langsam zerstreuen sich wieder meine Bedenken. Ich begehre sie und warum soll sich nicht mehr aus unserem Abenteuer entwickeln, spricht nun wieder der Ed in mir. Ich muss mehr über sie und ihre Kultur lernen, mehr im hier und jetzt leben und nicht unnütz den Kopf zerbrechen. Das ist doch auch ihre Philosophie.
Ich fahre weiter in ihre Richtung und entscheide mich die Trennung noch zu vertagen.

Dann stehe ich vor Nalus Haus.
Sie muss mein Auto gehört haben, denn sie öffnet mir schon die Türe, nimmt mich in die Arme und schmiegt sich an mich. Ihre körperliche Präsenz verdrängt meine Zweifel, ich lasse mich fallen und genieße die Schönheit Hawaiis.

Als uns später der Hunger aus dem Bett treibt und wir in der Küche stehen, fragt sie mich: <Hast du dir Gedanken über Changs Äußerungen gemacht, und hast du schon Zeit gehabt, in sein Buch zu schauen?>
<Ich habe das Buch schon zu Ende gelesen, du wirst es kaum glauben. Die Philosophie ist mir plausibel und sympathisch. Ich werde wahrscheinlich kein Buddhist werden, aber ich mache mir meine Gedanken. Meine ethischen Grundsätze habe ich durch meine Erziehung schon mitbekommen, auch wenn ich mich an meine Erzieher nicht mehr erinnere. Vorsätze, insbesondere in der Lebensmitte und aus Büchern gesammelt, sind wahrscheinlich nicht so langlebig.>, antworte ich ihr scherzend, <Aber zumindest sind Vorsätze der erste Schritt um an sich zu arbeiten.>
<Und was denkst du über seine Äußerung über deine Vergangenheit?>, hakt sie nach, wobei sie mir prüfend ins Gesicht schaut.
<Ich sehe dort kein Problem, weil ich soweit mit meiner Vergangenheit gebrochen habe. Ich gedenke vorerst hier zu bleiben, vielleicht sogar für immer. Ich habe keinen Kontakt mehr zu Deutschland, abgesehen von einem Telefonat mit meinem Vater.>, entgegne ich.
<Mir scheint diese Rothaarige aus dem Restaurant mehr als kein Kontakt zu sein. Habt ihr euch wiedergesehen?>, erwidert Nalu noch freundlich beim Paprikaschneiden wobei ich schon meine Finger auf der Arbeitsplatte unter der Klinge ihres Messers sehe.
Sie zwingt mich zu einer Notlüge, warum muss sie auch so insistieren. Ich bin ihr keine Rechenschaft schuldig, denke ich und antworte:

<Ich kenne sie nicht, und wir trafen uns zufällig auf einem Parkplatz, der Zufall wäre relativ hoch, sie noch mal zu sehen.>
Nach einer kurzen Pause bohrt Nalu inquisitorisch weiter:
<Also dann würdest du mir versprechen sie nicht wiederzusehen, zumindest nicht vorsätzlich?>
<Klar!> entgegne ich kurz und entschlossen, um keinen Zweifel aufkommen zu lassen und überlege angestrengt, ob sie von unserem Treffen wissen kann. Diese Insel ist so klein, dass man nur wenig verstecken kann.
<Würdest du das schwören?>, treibt sie mich in die Enge.
<Sicher!>, antworte ich gespielt gelassen, wobei mir langsam mulmig wird. Ihr prüfender Blick macht mich verlegen. Was machen die Insulaner wohl mit so dreisten Lügnern wie mir wenn sie überführt werden, geht es mir durch den Kopf?
<Und was heißt für dich vorerst hier bleiben?>, folgt die nächste Frage ihres Verhörs.
Mich stört ihr eifersüchtiges Interesse, dieser Besitzanspruch, der mich noch vor wenigen Tagen erfreut hätte. Woher kommt ihre weibliche Intuition, gerade heute so an unserer Beziehung zu zweifeln? Um dem Gespräch eine andere Richtung zu geben, gehe ich in die Offensive:
<Bisher gab es keinen Grund, an eine Abreise zu denken, ich fühle mich hier zu Hause. Wenn du also irgendeinen Grund hast, an uns zu zweifeln, dann sag es mir bitte.>
<Nein, nein...>, rudert sie zurück, <Weißt du, ich investiere so viel Gefühle in unsere Beziehung und weiß nichts von dir. Manchmal denke ich, du fährst morgen zum Flughafen und sagst „byebye" und das war es dann. Oder du lernst eine andere Frau wie die schöne Deutsche kennen, die dich vielleicht so viel besser versteht, und dann bin ich Vergangenheit.>

Nach einer kurzen Pause fügt sie ziemlich ernst hinzu:
<Weißt du, die Inseln sind voller Urlauber. Wir nennen sie die Schwalben weil sie kommen und gehen. Ich habe mir immer vorgenommen, mich nie in einen zu verlieben und genau das ist mir jetzt passiert. Für mich ist das kein Spiel, ich habe mich auf dich eingelassen und werde für unser Glück kämpfen. Vielleicht sind wir hier anders als ihr Haoles*, jetzt gehören wir zusammen und ich kann sehr eifersüchtig sein, wenn ich glaube einen Grund dafür zu haben. Ich bin noch nie von einem Mann verlassen worden.>
Dabei verfinstert sich wieder ihr Blick und unterschwellig meine ich ihre Äußerung als eine Drohung zu verstehen. Beim Essen unterhalten wir uns über dies und das ohne noch einmal das neuralgische Thema zu berühren. Als wir später miteinander schlafen ist sie zärtlich wie nie zuvor. Ich habe fast das Gefühl, dass sie mir verzweifelt zeigen will, was sie für mich empfindet und was ich verlieren würde. Ich fühle mich nicht gut dabei und kann das Spiel nicht genießen. Ihre Liebe fühlt sich jetzt klebrig an, wo ich nicht mehr um sie kämpfen muss. Am liebsten würde ich nicht bei ihr übernachten, in ihrem Schlafzimmer mit den düsteren Götzenfiguren. Wenn ich mir ehrlich bin, will ich ihr aus dem Weg gehen. Ich bin ein Feigling, aber ich kann mich einfach nicht überwinden, jetzt nachdem ich mich schon so um Kopf und Kragen gelogen habe, noch den Konflikt zu suchen. Mir ist auch klar, dass sie mich im besten Fall nur aus dem Haus werfen würde. Den Schlechtesten möchte ich mir nicht ausmalen. Irgendwann schlafe ich doch ein, wenn auch ziemlich unruhig.
Am nächsten Morgen sagt mir Nalu nebenbei, ich hätte nachts im Schlaf gesprochen. Vielleicht frage ich zu schnell nach, was ich denn gesagt habe. Denn jetzt schaut sie mir

sehr aufmerksam ins Gesicht, als ob sie mein schlechtes Gewissen aus den Augen ablesen könnte. Dann macht sie eine kurze Pause, läßt mich zappeln und ich meine die Andeutung eines Lächelns um ihren Mund zu bemerken, als sie sagt: <Was hat dich denn so heute Nacht beschäftigt? Du scheinst einen Alptraum gehabt zu haben. Du hast Deutsch gesprochen, ich konnte es nicht verstehen. Allerdings scheinst du mit irgendeinem Problem gekämpft zu haben, denn du sagtest immer wieder „bitte nicht, bitte nicht".>
Der Sarkasmus in ihrer Stimme wird offensichtlich, als sie versucht in Deutsch mit ihrem starken amerikanischen Akzent meine Worte zu wiederholen. Ich übergehe geflissentlich ihre Frage und entscheide mich zu gehen. Wir verabschieden uns noch mit einem Kuss auf den Mund in der Tür, als sei nichts gewesen, wir treffen aber keine Verabredung für die nächsten Tage.
Sie ruft mir noch auf dem Weg zum Auto hinterher:
<Lass uns Morgen telefonieren, Ok?>
Ich nehme mir fest vor, mich mit ihr auszusprechen, wenn wir uns das nächste Mal treffen. So kann das nicht weitergehen, ich fühle mich grauenvoll verlogen und ertappt.

Kapitel 18 Liebe

Was für eine Nacht, wenn ich ihn nicht noch lieben würde, würde ich mich wieder in ihn verlieben. Verrückt, dass er keinen Verdacht schöpft. So überlegen muss man sich fühlen, wenn man Gedanken lesen kann. Wahrscheinlich kann auch ein Psychologe sein Gegenüber so manipulieren, wie es mir gelingt. Daher verlieben sich bestimmt auch so viele Patienten in ihre Psychotherapeuten. Hinsichtlich seiner Vorlieben hat er sich nicht verändert. Seine Reaktionen sind, wenn man die richtigen Strippen zieht, vorhersehbar. Er vermisste an mir Begehren und Leidenschaft, das sagte er mir zumindest nach unserer Trennung. Warum soll ich es ihm nicht deutlicher zeigen? Er liebte schon immer meine Brüste, warum sie ihm nicht besonders lustvoll präsentieren? Nur frage ich mich, ob wir nicht miteinander hätten schlafen sollen. Ob er meine Zögerlichkeit negativ als fehlende Leidenschaft interpretiert, oder sie positiv als wählerisch betrachtet, da ich nicht in der ersten Nacht mit einem fast Fremden ins Bett hüpfe?
Wenn er mich gleich abholt, werde ich ihm genau das Programm bieten, das er sich erträumt. Er braucht das Gefühl, die Zügel in der Hand zu haben. Die richtige Mischung aus Verführung und Hingabe wird er bekommen.
Als er mit seinem Wagen vorfährt, schlägt mein Herz bis zum Hals. Ich arbeite gerade an meiner Surfausrüstung im Garten, habe ihm den Rücken zugekehrt und trage nur einen knappen, schwarzen Bikini. Beim Versuch das Segel über den Mast zu ziehen muss ich aussehen wie eine

Poledancerin. Ich achte etwas auf meine Haltung und gönne ihm den Anblick in dieser Pose, als hätte ich ihn nicht bemerkt. Dann schlägt er die Wagentüre zu und ich blicke überrascht auf. Er kommt vergnügt auf mich zu und gibt mir selbstsicher einen Kuss auf den Mund. Als er mich umarmt, mache ich mich geschäftig los von ihm, obwohl ich am liebsten mit ihm sofort ins Haus gehen würde. Aber das steht erst für später auf dem Skript.
<Wir sind nicht zum turteln hier, schau mal auf das Meer, schöner kann es nicht werden!>, schimpfe ich scherzhaft und halte ihn auf Abstand.
<Ich hatte lange Zeit weder einen Strand vor der Türe noch einen Surfbuddy, also spute dich und lass uns Surfen gehen!>
Ich spüre sofort, dass es ihm auf der Zunge liegt mir zu antworten, dass man auch Spaß im Appartement haben kann. Er gibt aber nach und beginnt sich um seine Ausrüstung zu kümmern. Mein Segel bereite ich selber vor, auch wenn es mir etwas schwer fällt. Untrainierte Frauenhände sind einfach nicht dazu gemacht, derartig gewaltsam an Schnüren zu ziehen. Er mag selbständige Frauen, dass möchte ich ihm signalisieren und werde mir daher heute nicht von ihm helfen lassen. Dann tragen wir gemeinsam die Windsurfer ans Ufer. Genau wie damals, als wir noch glücklich zusammen waren, ich schaue ihn an und meine Brust zieht sich zusammen. Es war immer ein Wunsch von ihm, mit seiner Frau diesen Lebenstraum zu teilen, wie konnte er mich nur verlassen.

So stehen wir im gleißenden Licht, holen die Segel dicht, machen den Beachstart* und sausen los. Ich gebe mir alle Mühe mit ihm mitzuhalten, wir schießen über das blaue Meer, lachen und schreien vor Vergnügen. Nach einer

guten Stunde auf dem Wasser signalisiere ich ihm umzukehren. Zurück am Ufer fallen wir völlig verausgabt in den warmen Sand. Auch ich hatte allen Spaß der Welt, als ob sich die Gedanken mit dem stürmischen Wind verflüchtigen. Übrig bleibt nur ein langer Moment der Freude.
<Wow, nicht schlecht gemacht!>, lobe ich sein Können, <Du musst genug Zeit zum Surfen haben.>
Er war tatsächlich recht gut, aber eine kluge Frau bewundert ihren Mann auch ohne Grund, las ich einmal. Auch wenn er nichts erwidert spüre ich, wie er meine Aufmerksamkeit genießt.
Ich glaube, heute bekomme ich die volle Punktzahl.

Später stehen wir unter meiner Gartendusche und werden von Greg überrascht, als wir uns gerade Küssen. Er schaut etwas ungläubig, zieht sich aber sofort taktvoll zurück und lässt uns allein. Niels schlägt vor, bei ihm zu Hause zu essen. Das passt gut in meinen Plan, ich möchte ihn jetzt nicht mit nach oben nehmen. Also stimme ich zu und hoffe insgeheim, nicht seiner Liebschaft in die Arme zu laufen. Das lasse ich aber tunlichst unerwähnt. Ich versuche nicht kompliziert zu sein und bitte ihn ein paar Minuten unten zu warten. Früher störte es ihn immer, wenn ich nicht spontan war und er ständig auf mich warten musste. Daher ziehe ich mich in Rekordtempo um und schminke mich eilig. Niels schlägt vor, sein Auto zu nehmen. Meins ist komfortabler, aber ich widerspreche nicht.

Noch mit nassen Haaren fahren wir zum Supermarkt. Auf seiner durchgehenden Sitzbank bohren sich zwar die Federn in meinen Po und es gibt keinen Anschnallgurt, aber dafür kann man wie in den 60ern bei der Fahrt aneinander rücken. Ich lehne mich an ihn, er legt mir den Arm um und so rollen wir gemeinsam in den Sonnenuntergang. Auf der Fahrt lege ich meine Hand auf seinen Oberschenkel, durch den dünnen Stoff seiner Hose spüre ich seine Lust. Ich fühle mich wie die Jugend im amerikanischen Autokino. Vor dem Supermarkt spotte ich über ihn, als er sich schämt aufzustehen. Er gibt vor prüde zu sein und fragt mich: <Hast du denn keinen Anstand, mich so in Verlegenheit zu bringen?>

Ich trete auf ihn zu und hauche ihm ins Ohr, wohlwissend, dass ihn laszive Frauen reizen: <Anständige Mädchen kommen in den Himmel, unanständige wohin sie wollen.>

Dann lasse ich ihn am Wagen stehen und gehe wiegenden Schrittes vor ohne mich umzudrehen. Innerlich applaudiere ich mir zu meinem filmreifen Auftritt, hoffentlich wirkt er nicht zu sehr inszeniert.

Im Laden wählen wir verschiedene Leckereien und zwei Flaschen kalten Weißwein. In einer ruhigen Ecke des Supermarktes küssen wir uns so heiß, dass er sich erst an die kalte Scheibe des Kühlschrankes lehnen muss, bevor er sich zur Kasse trauen kann.

Dann fahren wir mit seiner rostigen Klapperkiste zu seiner Pension.

Ich habe das Gefühl, dass die Dame am Eingang mich etwas unfreundlich mustert als sie mich sieht. Als ob ich mich hier bei ihr anmelden und für mein Erscheinen rechtfertigen müsste. Aber vielleicht bilde ich mir das auch nur ein. Von außen ist sein Häuschen hübsch, von innen ist es etwas einfach. Niels ist manchmal ein bisschen zu sparsam.

Wir setzen uns auf seiner Terrasse mit einem Glas Wein unter eine an der Decke hängende nackte Glühbirne und blicken in die dunkle Tropennacht. Wäre ich nicht so nervös, fände ich es sehr romantisch. Ich muss die Kontrolle behalten, ich kann nicht einfach meinen Gefühlen freien Lauf lassen.

Er eröffnet mir, als er mit mir anstößt und mir über das Glas tief in die Augen schaut: <Was für ein Glückspilz bin ich, in Hawaii eine so wunderbare Frau wie dich kennenzulernen!>

Ich stoße mit ihm an, trinke einen Schluck und gebe ihm einen langen Weißwein-Zungenkuss. Mir scheint, dass er ohne eine Frage gestellt zu haben auch ein emotionales Statement meinerseits hören möchte. Den Gefallen tue ich ihm noch nicht und entgegne ausweichend:

<Du hast ein erotisches Lachen, und küssen kannst du auch gut!>

Als er meine Hand nimmt, stehe ich auf, setze mich rittlings auf seinen Schoß und küsse ihn lange und ausgiebig. Zunächst liegen seine Hände auf meiner Hüfte, dann wandern sie unter mein T-Shirt und beginnen meine Brüste zu streicheln. Das genieße ich und spüre, wie meine Nippel steif werden. Dann knabbere ich ihm am Nacken und seufze lustvoll und langgezogen in sein Ohr, ich weiß wie ihn das erregt. Im Licht seiner Terrasse sitzen wir draußen wie auf einer Bühne. Das stört mich, ich möchte nicht von seiner Vermieterin so gesehen werden, daher stehe ich auf und ziehe ihn wortlos an der Hand in die Hütte.

Dort lassen wir uns auf das Bett fallen und schmusen einige Zeit, bis er mich auszieht. Ich lasse ihm Zeit und als er fertig ist, mache ich ihm langsam die Hose auf. Dann lege ich mich ins Zeug, ich lutsche und lecke ihn bis er so heiß ist, dass er in mich eindringt ohne sich auszuziehen. Wir vögeln wild und ich versuche ihm alle Lust zu zeigen die er mir bereitet da ich weiß, wie ihn das anmacht. Zwischendurch reißt er sich einzelne Kleidungsstücke hektisch vom Leib. Wir wälzen uns kreuz und quer durch das Bett, ich stöhne laut und schließlich bringt seine Ekstase mich zum Orgasmus. Ich ziehe ihn dabei fest an mich und kralle meine Nägel in seine Pobacken, dann kommt auch er.

Danach liegen wir nebeneinander auf dem Rücken, Hand in Hand und schauen beseelt und sprachlos einige Zeit in den Hüttengiebel, als sei es das Firmament.

Später auf der Terrasse nehmen wir das Abendessen zu uns. Er hat mehrere Kerzen angezündet, das machte Niels früher nur zu besonderen Anlässen. Romantik war für ihn ein Fremdwort.

Nach der ersten Flasche Wein fragt er mich dann doch über meine Lebensgeschichte aus. Ich erzähle ihm verschiedenes über meinen Beruf, dann über Hobbys und meine früheren Beziehungen. Bei unserer gemeinsamen Geschichte angekommen stocke ich zunächst, spreche dann aber doch weiter:

<Dann lernte ich vor einigen Jahren einen Mann kennen, den ich damals sehr liebte. Ich glaube, er liebte mich auch. Wir lebten zusammen und waren glücklich.>

Warum auch immer bildet sich ein Kloß in meinem Hals. Ich simuliere einen Hustenanfall und nehme einen großen Schluck Wein um weitererzählen zu können.

<Irgendwann holte uns der Alltag ein, wir sahen die Gefahr zu spät und schließlich trennten wir uns. Heute weiß ich, was ich hätte ändern müssen. Vielleicht hätten auch Kinder unsere Beziehung gerettet, aber es kam halt anders.>

Meine Augen werden feucht und ich drehe mich zur Seite um es ihn nicht merken zu lassen. Seine betretene Stille zeigt mir, dass er überlegt, wie er die Situation retten kann. Dann habe ich mich gefasst und versuche dem Gespräch eine andere Wendung zu geben, indem ich hinzufüge: <Seitdem verläuft mein Liebesleben ziemlich freudlos.>
Nach einer kurze Pause gebe ich ihm einen Kuss auf den Mund, schaue ihm scherzhaft mit den Wimpern klimpernd in die Augen und ergänze: <Na ja, nicht ganz freudlos, mein Retter!>
Soll ich es jetzt sagen, schießt es mir durch den Kopf, mein Geheimnis jetzt offenbaren? Doch ich widerstehe und kämpfe mit meinem schlechten Gewissen. Aufklären werde ich ihn erst, wenn ich mir seiner sicher bin.

Als wir in einer Gesprächspause in die Nacht blicken, habe ich plötzlich das Gefühl, eine Gestalt zwischen den Palmen im dunklen stehen zu sehen. Ich mache Niels darauf aufmerksam, aber er kann nichts erkennen. Bestimmt habe ich mich getäuscht. Kriminalität soll es in Hawaii kaum geben, daher vergesse ich schnell mein Unbehagen.

Wir schlafen in der Nacht noch einmal miteinander und ich habe das Gefühl, dass wir noch nie zuvor so guten Sex hatten. Er ist dominanter geworden, hat mich härter angefasst als früher. Ich habe mitgespielt und habe mich unterworfen. Zunächst war es neu für mich, als ich mich dann aber fallen ließ, habe ich es sehr genossen. Mein lautes Stöhnen wird die Nachbarn geweckt haben, denke ich amüsiert.
Ich kann nicht leugnen, dass die Verbotenheit meines Tuns eine gewisse Lust erzeugt. So selbstsicher zu sein und in der Lage verführen zu können wie ich es will, ist reizvoll. Wie

eine Agentin alle Strippen zu ziehen, ich fühle mich wie Mata Hari.
Irgendwann holt er zwei Gläser Wein zu uns ans Bett. Er läuft nackt durch das Zimmer, ein Schamgefühl kennt er nicht und ist völlig eins mit sich. Er steht da vor mir an die Wand gelehnt, ich in Augenhöhe mit seinem Geschlecht. So erzählt er mir etwas und lacht mich an. Da wird mir bewußt, was ich an ihm so attraktiv finde. Er steht zu sich und seinem Köper in jeder Sekunde, er verschwendet keine Zeit um an sich zu zweifeln. Natürlich ist er kein Dressman, sein kahl rasierter etwas derber Schädel spricht nicht jeden an. Das ist ihm völlig egal. Ich mag seinen Körper, andere finden ihn vielleicht zu hager. An ihm ist kein Fett und wenig Fleisch, aber dafür auch kein Doppelkinn, kein Bauch und keine Brüste. Ich finde ihn sehr männlich. Sein Lachen ist ehrlich und ansteckend, bei ihm stellt man nichts in Frage. Er wird mich nie auf Rosen betten, nie fragen, ob wir Shoppen gehen sollen. Das wäre zwar schön, aber so ist er nun mal nicht und wenn ich so einen Typen suchen würde, wäre ich bei ihm verkehrt.

Bevor wir einschlafen flüstert er mir ins Ohr:
<Du hast mich verzaubert, ich habe mich verliebt in dich. Ich werde Nalu nicht wieder treffen, morgen werde ich mit ihr telefonieren.>
Mein Ziel ist erreicht und mein Herz hüpft. Morgen werde ich ihm meine Sünden beichten, ich glaube er wird sie verzeihen.
Ziemlich eng umschlungen und glücklich schlafen wir ein.

Kapitel 19 Warum

Als ich die Augen aufschlage, blicke ich in einen Berg roter Locken. Ich widerstehe dem Wunsch, sie wach zu küssen. Mit ihr zusammen zu sein ist magisch. Schon ihr Geruch ist so verführerisch, dass ich nicht von ihr lassen kann. Ich meine ihn schon irgendwo gerochen zu haben, kann mich aber einfach nicht daran erinnern, wo es war. Sie macht mich schwindelig, wie kann man sich so zu einem Menschen hingezogen fühlen. Unsere Gespräche sind von so viel Verständnis geprägt, dass ich Nächte mit ihr zusammensitzen und reden möchte.
Ich glaube, dass auch sie sich in mich verliebt hat. Allerdings scheint ihr die Erinnerung an ihren letzten Freund noch etwas nachzulaufen, hoffentlich kann sie davon Abstand nehmen. Ihr würde ich vollständig vertrauen und mich in eine neue Beziehung fallen lassen. Wie konnte ich mich nur in das Verhältnis zu Nalu so reinsteigern. Vielleicht muss ich mir eingestehen, dass auch etwas von meiner Menschenkenntnis durch meinen Unfall auf der Strecke geblieben ist. Ich werde noch heute mit Nalu sprechen. Hoffentlich macht sie kein Drama aus der Trennung. Irgendwie hab ich kein gutes Gefühl dabei.

Als ich an der Kaffeemaschine stehe, schleicht sich Petra von hinten an und umarmt mich mit ihrem warmen, nackten Körper. Dann massiert sie von hinten erst meinen Nacken, von dort wandern ihre Hände immer weiter über meinen Rücken abwärts, um sich dann wieder nach vorne vorzuarbeiten. Als ob sie tantrische Massage gelernt hätte. Zumindest spürt sie genau was ich mag und macht mich

unsäglich an. Das Kaffeekochen hat Zeit und wir verschwinden wieder im Bett.
Später beim Anziehen sage ich zu Petra nur kurz und knapp: <Ich werde Nalu heute anrufen, um das Verhältnis mit ihr zu beenden.>
Sie lässt meine Bemerkung unkommentiert, ich habe aber das Gefühl, die Andeutung eines Lächelns in ihrem Gesicht zu sehen. Ich möchte auf keinen Fall Petra gegenüber unehrlich sein und bin entschlossen klare Verhältnisse zu schaffen. Auch Nalu gegenüber wäre es unfair so weiterzumachen.

Ich nehme mein Telefon und gehe in den Garten. Dort laufe ich wie ein Sträfling im Kreis und überlege was ich ihr sagen soll. Egal wie ich es ihr mitteile wird es sie treffen und ich fühle mich ziemlich schlecht in meiner Haut.
Dann wähle ich Nalus Nummer.
Ihre Stimme klingt sehr schroff, als ob sie mit einem Fremden sprechen würde. Dass sie manchmal sehr unterkühlt ist weiß ich mittlerweile, aber ich habe das Gefühl, dass sie den Grund meines Anrufes ahnt und Stärke zeigen will.
Das wird dich bald nicht mehr belasten müssen, bring es hinter dich, drängt mich Ed und ich schäme mich im selben Augenblick meines Egoismusses, weiß aber keine andere Lösung.
<Hi Nalu, ich weiß nicht wie ich es dir sagen soll und es fällt mir auch nicht leicht>, stammele und druckse ich vor mich hin, <Aber ich brauche augenblicklich mehr Zeit für mich. Ich will dich nicht verletzen, ich hoffe du hast Verständnis dafür, aber ich möchte ...ahm... kann dich erst mal nicht mehr treffen und möchte.....>
Es macht Klick, Nalu hat eingehangen.

Sie sagte, sie sei noch nie verlassen worden. Was sich jetzt wohl in ihr abspielt, frage ich mich und habe ein fürchterlich schlechtes Gewissen. Hätte ich aber noch weiter gewartet, hätte es die Situation noch mehr verkompliziert. Menschen trennen sich, das kann passieren, rede ich mir ein, um mich zu beruhigen. Ich gehe noch einmal durch den Garten und atme tief durch, bevor ich ins Haus zu Petra zurückgehe.

Es muss gegen 14.00 sein, als Petra mich bittet sie nach Hause zu bringen. Wir steigen in meinen Pick-up und fahren los.
Petra fragt mich noch: <Wollen wir morgen in den Bergen zusammen wandern gehen? Ich möchte die wilde Natur dort gemeinsam mit dir entdecken.>
<Gerne.>, antworte ich ihr und freue mich sehr, dass sie mit mir zusammen plant.
Als wir von der Baldwin Avenue in den Hana Highway einbiegen, habe ich das ungute Gefühl verfolgt zu werden. Ich schaue in den Rückspiegel, sehe aber nur einen Lieferwagen hinter mir. Mein schlechtes Gewissen verfolgt mich, ich bin paranoid. Gut dass die Heimlichtuerei jetzt ein Ende hat, denke ich noch.
Ich beschleunige und schaue zu Petra hin, die ihre Augen geschlossen hat und mit ihrem Kopf an meiner Schulter lehnt. Sie hat meine Hand ergriffen. Ihre Locken werden vom warmen Fahrtwind immer wieder in mein Gesicht geföhnt. Ein Glücksgefühl durchdringt mich, eine neue Phase in meinem Leben hat begonnen und ich spüre, dass ich an der Seite dieser Frau mein Glück finden werde, wie und wo auch immer.
Das Schicksal ist doch gut zu mir.

So fahren wir wortlos durch den Sonnenschein, Palmen und Plantagen ziehen an uns vorbei. Der gelbe Mercedes vor mir an der Abfahrt nach Spreckelsville wird langsamer und blinkt nach rechts. Dort muss ich auch abbiegen, ich setze auch den Blinker nach rechts und werde langsamer. Plötzlich höre ich ein Motorjaulen hinter mir. Nur aus dem Augenwinkel sehe ich noch im Rückspiegel, wie ein großes Auto hinter dem mir folgenden Lieferwagen ausschert. Es überholt mit hohem Tempo und rast auf uns zu ohne abzubremsen. Was macht der Wahnsinnige, schießt es mir durch den Kopf. Reflexartig beuge ich mich nach vorne und greife mit beiden Händen in meinen Nacken, um den kommenden Aufprall auffangen zu können.
Hier endet meine Erinnerung.

Der Aufprall hat meinen Pick-up weit nach vorne geschleudert. Mich muss er zunächst in den Sitz gepresst haben, dabei riss er meinen Kopf nach hinten. Dann warf er mich nach vorne, so dass ich mit der Stirn auf das Lenkrad schlug.
Als ich aufwache, ist mein erster verschwommener Gedanke bei Petra. Ich kann meinen Kopf nicht bewegen, mein Nacken ist völlig verhärtet und schmerzt stechend. Langsam drehe ich daher meinen Oberkörper zur Seite. Blut tropft aus einer Platzwunde über meinem rechten Auge und nimmt mir die Sicht, wie durch einen roten Schleier taste ich nach meiner Beifahrerin. Ihr Kopf hängt bewegungslos rechtwinklig nach vorne. Ihre Lockenmähne bedeckt wie eine Tischdecke das Gesicht. Ich versuche vorsichtig ihren Kopf zu heben, er lässt sich aber nicht stabilisieren. Als sei dort ein Gelenk im Nacken. Verzweifelt versuche ich ihn aufrecht festzuhalten. Als ich

in ihre leblosen Augen schaue merke ich, dass jede Hilfe zu spät ist.

Beim Aufprall muss ihre Nackenwirbelsäule gebrochen sein. Es gab keine Kopfstützen, die diesen Schlag von hinten hätten auffangen können. Ein stummer Schrei bleibt in meiner Kehle stecken. Ich halte weiter ihren schönen Kopf aufrecht und schluchze vor mich hin. Meine Tränen mischen sich mit Blut in meinen Augen und machen mich fast blind.

So finden uns die ersten Helfer, als sie die Autotür öffnen. Ich versuche ihren Kopf auch noch zu halten während sie sie vorsichtig auf den Boden legen. Als ob noch irgendeine Hoffnung bestünde. Dann knie ich neben Petra. Ich halte ihre noch warme Hand und schaue in ihr Gesicht. Ihre gerade noch so liebevollen Augen blicken stumpf und teilnahmslos ins Leere.
Sie ist schon weit weg.
Ihr lebloser Körper im Sonnenschein vor einer Palme wirkt surreal, wäre es doch ein Alptraum und ich würde endlich aufwachen. Um uns herum bildet sich ein Halbkreis von fremden Menschen mit distanziertem Interesse, eine murmelnde Geräuschkulisse. Ohne es verarbeiten zu wollen, nehme ich aus dem Augenwinkel die Gestalt von Nalu war, die wie ein unbeteiligter Gaffer in der Menge steht.

Kurze Zeit später höre ich eine Sirene, eine Gasse bildet sich, ich sehe Blaulicht, einen Polizeiwagen und einen Krankenwagen. Sanitäter springen heraus, einer tastet mit seinen Gummihandschuhen unterhalb ihres Kiefers erfolglos nach ihrem Puls. Dann will er mit

Wiederbelebungsversuchen beginnen. Ich teile ihm mit, dass ihre Nackenwirbelsäule gebrochen ist. Der junge Mann in weißer Uniform fasst ihr behutsam an den Nacken, als ob es noch Hoffnung gäbe mit Geschick etwas zu richten. Er nickt mir mit zusammengepressten Lippen zu, um mir möglichst mitfühlend meine Vermutung zu bestätigen. Mit seinem Gummihandschuh streicht er ganz sachte und professionell über ihre Augen, die nun geschlossen sind und ihr einen friedlich schlafenden Ausdruck geben. Dann legen die Sanitäter ihren Körper vorsichtig auf eine Bahre und tragen ihn in den Krankenwagen.

Ich fühle mich so verlassen wie der einsamste Mensch dieser Welt und möchte schreien vor Schmerz, schluchze aber nur eingerollt und kniend vor mich hin. Einer der Sanitäter legt mir taktvoll die Hand auf die Schulter und fragt mich: <Haben sie Schmerzen?>

Ich kann ihm nicht antworten und wiege meinen Körper in seelischer Pein.

<Möchten sie im Krankenwagen mitfahren?>, fragt er anschließend.

Er ist viel kleiner als ich und hakt sich bei mir unter wie bei einer alten Dame, dann führt er mich zur Ambulanz und legt mir noch eine Halskrause an. Vielleicht ist es der Schock, ich fühle mich wie ein Statist in einem Film und bin so leer, dass ich wie ferngesteuert Anweisungen gehorche.

Als ob das alles nichts mit mir zu tun hätte.

Erst bei der Abfahrt erkenne ich durch das Fenster des Krankenwagens den armeegrünen Pick-up, der auf der Kreuzung mit völlig verbeulter Front steht. Wasser ist ausgelaufen und Wasserdampf steigt aus dem Motorraum auf. Neben dem Wagen steht ein Polizist und spricht mit einer jungen Frau. Auch Nalu fährt genau so einen Pickup, denke ich zunächst erstaunt. Erst dann wird mir klar, was sich abgespielt haben muss. Nalu war die Fahrerin, sie ist uns aufgefahren. Deshalb stand Nalu auch unter den Gaffern.

Dann fährt die Ambulanz an, erst mit Blaulicht, dann auch mit Sirene. Ich sitze neben Petra auf einem Klappsitz und halte ihre Hand. Meine Tränen tropfen auf ihren Unterarm. Der Sanitäter hat sie festgegurtet.
Noch vor einer Stunde saß sie fröhlich neben mir. Jetzt stelle ich mir vor, wie ihre Seele gerade durch das dunkle Universum schwebt auf der Suche nach ihrer Bestimmung. Ich möchte ihr noch etwas sagen, dass es mir leid tut und dass ich sie liebe, kann aber nur noch nutzlos weinen. Ich möchte allein sein mit ihr. Der kleine Sanitäter am Fußende der Bahre weiß nicht wohin mit sich und schaut die meiste Zeit verlegen zur Seite.

Im Maui Memorial Hospital werden Petra und ich getrennt, ich werde von weiß bekittelten Schwestern auf ein rollendes Bett gelegt und in ein Zimmer geschoben. Welch eine Ironie, derselbe gebräunte Arzt betritt mein Zimmer wie noch vor so kurzer Zeit und begrüßt mich mit dem besorgten Gesicht, das ich schon kenne. Dieses Mal ist er wortkarg, er spürt, dass er mich nicht aufmuntern kann. Meine Verzweiflung scheint mir anzusehen zu sein. Ich lasse die Untersuchungen wie in Trance über mich ergehen, meine Platzwunde wird genäht. Beim Röntgen wird nur ein Schleudertrauma festgestellt. Nichts Ernstes. Doktor Freeman rät mir eindringlich noch mindestens zwei Tage im Bett zur Beobachtung zu bleiben sowie die

Halskrause weiter zu tragen, aber er dringt nicht zu mir durch. Ich beobachte das Geschehen um mich herum aus großer Ferne wie von einem anderen Planeten und bin völlig apathisch. Aus der dumpfen Tiefe meines defekten Gedächtnisses entsteigt der Fetzen eines Gedichtes, dass sich wie ein Ohrwurm immer wieder abspielt:

Er spielt mit seiner Flinte,
die funkelt im Sonnenrot,
er präsentiert und schultert,
ich wollt, er schöß mich tot.
er spielt mit seiner Flinte,
die.....

Schließlich gibt mir Dr Freeman eine Spritze und ich sinke unmittelbar dankbar in komatösen Schlaf.

Kapitel 20
Da wo alles begann

Als ich am nächsten Morgen gequält die Augen öffne, sehe ich als erstes Schwester Li, die kopfschüttelnd auf meine Krankenakte blickt. Li wünscht mir betreten einen guten Morgen und fragt mich, ob ich mich selber waschen kann. Ich kann jetzt nicht mit ihr sprechen und das scheint sie zu merken, denn sie setzt sich an mein Bett und hält stumm meine Hand. Wieder laufen mir die Tränen und ich frage mich, warum ich nicht mitgehen durfte, warum mein Nacken mich retten musste. Ich bin innerlich so leer, wäre ich auf einer Brücke, würde ich ohne zu zögern springen. Ließe sich doch die Zeit zurückdrehen, wäre ich doch achtsamer gewesen und nicht so blauäugig und egoistisch durch die Welt gelaufen.
Schwester Li beugt sich zu mir herunter und legt meinen Kopf in ihre Halsbeuge. Ich kann nicht anders, ich lasse mich fallen und es braucht ein paar Minuten, bis ich aufhören kann zu schluchzen. Sie scheint von meinem Schicksal gehört zu haben. Vielleicht hat sie Mitleid mit mir oder es gehört zu ihren Aufgaben, gelegentlich seelischen Beistand zu leisten. So nimmt sie sich Zeit, bis ich mich halbwegs gefangen habe.

Dann öffnet sich die Türe und der riesige Polizeiofficer Jo kommt schwer atmend ins Zimmer gestampft. Li grüßt ihn betreten, sie kennen sich ja mittlerweile. Deja vu, denke ich mir, was für eine tragische Ironie. Es ist hier wie in einem Kammerspiel, in dem immer wieder dieselben Akteure

erscheinen. Jo nimmt sich einen Stuhl und setzt sich an mein Bett.
<Guten Morgen Eddie oder Niels>, sagt er ernst, <So sieht man sich wieder, sie haben bestimmt schon ihren richtigen Namen in Erfahrung gebracht. Wenn sie möchten werde ich ihnen jetzt einiges erzählen, auch wenn sie eventuell schon das meiste wissen. Während sie schliefen habe ich Erkundigungen eingezogen. Ich sprach mit ihrem Vater, Herrn Wagner und den Eltern von Frau Petra Mönkes, ihrer Beifahrerin. Wenn etwas an meiner Ausführung nicht stimmt, korrigieren sie mich bitte. Sie wissen bereits, dass ihre Beifahrerin Petra Mönkes durch den Auffahrunfall uns Leben kam. Die Fahrerin des Unfallfahrzeuges, Nalu Hanaka, hat den Auffahrunfall schuldhaft verursacht. Sie blieb unverletzt. Ihre Beifahrerin scheint ihre frühere Lebensgefährtin gewesen zu sein, die sie hier besucht hat. Der Tathergang muss sich in etwa folgendermaßen zugetragen haben:
Sie fuhren Gestern auf dem Hana Highway gegen 14.30 und haben laut der Aussage von Frau Nalu Hanaka urplötzlich gebremst. Sie behauptet, sie hätte das Gas und die Bremse verwechselt und ist ihnen dadurch auf das Heck aufgefahren. Ihr Fahrzeug ist recht alt und man muss sich fragen, ob es in verkehrstüchtigem Zustand war. Auf jeden Fall verfügt es nicht über Nackenstützen, dadurch hat sich ihre Beifahrerin beim Aufprall die Nackenwirbelsäule gebrochen. Sie war sofort tot. Sie selbst hat wahrscheinlich nur ihre stärkere Nackenmuskulatur gerettet. Ihr Vater ist sehr beunruhigt und bittet sie so bald wie möglich nach Hause zu kommen. Das soll ich ihnen ausrichten. Im übrigen möchte ich ihnen auch dringend dazu raten bei dem Unglück dass sie hier anziehen.>
Er reicht mir ein Stück Papier herüber und ergänzt:

Wenn Sie mir bitte den Unfallbericht unterschreiben sind sie frei, jederzeit das Krankenhaus zu verlassen, wenn die Ärzte sie gehen lassen. Wir werden den Leichnam von Frau Mönkes auf den Wunsch ihrer Eltern nach Deutschland überführen.>
Seine Worte hallen in meinen Ohren: ... Nackenstützen.... Nalu... verwechselt... tot... Leichnam......
<Herr Wagner, hören sie mich, haben sie schon weitere Pläne?>, fragt Jo eindringlich, als ob ich nicht zurechnungsfähig bin.
In meinen Augen sammeln sich wieder Tränen, mein Brustkorb schnürt sich zusammen und ich stammele:
<Ich, ich werde so schnell wie möglich nach Hause fliegen.>
Dann unterschreibe ich blind den Unfallbericht. Für Jo ist damit die Sache beendet, und er verlässt schnaufend den Raum.

Mein Blick wandert aus dem Fenster in die grüne Vegetation und ich beginne zu begreifen:
Nalu hat Petra getötet.
Ich bin ein Lügner und Betrüger.

Wie konnte es nur so weit kommen. Jetzt fällt mir ein, dass Petra nachts das Gefühl hatte, jemand im dunklen zu sehen. Nalu scheint uns gefolgt zu sein, vielleicht hat sie die ganze Nacht in der Nähe unseres Hauses verbracht. Die Hütten sind weitgehend offen, sie hat uns vielleicht beobachtet und gehört, was wir machten, wie wir uns liebten. Sie muss rasend vor Eifersucht gewesen sein, hat wahrscheinlich die ganze Nacht nicht geschlafen und sich mehr und mehr in ihre Wut gesteigert. Und so ist sie uns dann gefolgt. Vielleicht war es dann eine

Kurzschlusshandlung, sie konnte es nicht mehr ertragen uns zusammen zu sehen und hat einmal auf das Gas gedrückt. Vielleicht wollte sie auch Blut sehen, zutrauen würde ich es ihr.

Aber weshalb spricht Jo von meiner früheren Lebensgefährtin? Wie kann ich nur so naiv gewesen sein, es nicht zu merken? Petra erzählte ungern über ihre Vergangenheit, verständlicherweise. Sie versuchte bestimmt nicht ständig zu lügen und sich in Widersprüche zu verwickeln. Daher auch unser sensationelles Verständnis, sie kannte mich bestens in jeder Hinsicht und konnte sich so leicht in mein Herz und meine Seele schleichen.

Warum nur hat Petra sich nicht zu erkennen gegeben? Auch dann hätten wir einen Neustart machen können. Hätte ich sie nicht auch so geliebt? Vater meinte bei unserem Telefonat, Pet, wie sie sich wohl zu Hause nannte, käme mit der Trennung nicht gut klar. Sie hat bestimmt vermutet, dass ich unserer Beziehung keine neue Chance geben würde. Sie war wohl von der Endgültigkeit meiner Entscheidung überzeugt. Ich schien ihr so wichtig zu sein, dass sie dieses Versteckspiel bereit war zu spielen.
Ich werde nie erfahren, warum ich diese fantastische Frau verlassen habe und den ersten Akt der Tragödie eröffnet habe.

Ich habe alles verspielt.

Kapitel 21 Schluss

Das Flugzeug dreht eine Steilkurve und fliegt die Küste entlang. Ich sehe Hawaii zum letzten Mal. Es bildet sich ein Kloß in meinem Hals und ich muss schlucken. Unter mir sehe ich eine kleine Ortschaft am Hang des grünen Vulkankegels.
Irgendwo dort unten lebt Nalu.
Jo wird sie möglicherweise gekannt haben und es bei den nötigsten Untersuchungen belassen haben. Bestimmt wird es ihm zugetragen worden sein, dass wir ein Verhältnis hatten. Es gibt da diesen Zusammenhalt innerhalb der Urbevölkerung. Jo wird weggehört haben, es könnte ja auch nur eine Unachtsamkeit Nalus gewesen sein, die aufgrund der fehlenden Kopfstützen zu einem Todesfall wurde.
Da Nalu nicht vorbestraft ist, wird sie wegen fahrlässiger Körperverletzung mit Todesfolge wahrscheinlich nur eine Bewährungsstrafe bekommen. Irgendwann wird sie einen Mann kennen lernen, mit ihm glücklich werden und Kinder kriegen.

Der grüne Vulkankegel verschwindet langsam in den Wolken und wir fliegen über das endlos weite glitzernde Meer. Wieder geht mir das Gedicht durch den Kopf.

Jetzt aber sehe ich das bebrillte Gesicht meines Vaters vor mir. Er liest mir aus einem Poesieband ein Gedicht vor.
Sein Autor ist Heinrich Heine.
Sein Titel: Mein Herz, mein Herz ist traurig.

Mein Herz, mein Herz ist traurig.

Mein Herz, mein Herz ist traurig,
Doch lustig leuchtet der Mai;
Ich stehe, gelehnt an der Linde,
Hoch auf der alten Bastei.

Da drunten fließt der blaue
Stadtgraben in stiller Ruh;
Ein Knabe fährt im Kahne,
Und angelt und pfeift dazu.

Jenseits erheben sich freundlich,
In winziger, bunter Gestalt,
Lusthäuser, und Gärten, und Menschen,
Und Ochsen, und Wiesen, und Wald.

Die Mägde bleichen Wäsche,
Und springen im Gras herum;
Das Mühlrad stäubt Diamanten,
Ich höre sein fernes Gesumm.

Am alten grauen Turme
Ein Schilderhäuschen steht;
Ein rotgeröckter Bursche
Dort auf und nieder geht.

Er spielt mit seiner Flinte,
Die funkelt im Sonnenrot,
Er präsentiert und schultert -
Ich wollt, er schösse mich tot

Anhang

Aloha Aloha ist das am besten bekannte hawaiianische Wort. In der hawaiianischen Sprache kann es "hallo" oder "tschüß" bedeuten.

Beachstart
Der Beachstart ist eine bequeme Variante, um ohne Schotstart vom Strand direkt in Fahrposition auf das Windsurfboard zu steigen.

Buttom turn
Die Kurve, die der Surfer am unten am Fuß der Welle dreht.

Cutback
Die Kurve, die der Surfer oben an der Lippe der Welle fährt.

Drill
Der Kampf mit dem Fisch beim Angeln mit dem Ziel, den zu großen Fisch langsam zu Ermüden, ohne dass die Schnur reißt.

Haoles
Fremder, nicht von hawaiianischem Ursprungs

Lippe
Oberer konkaver Teil der Welle, der sich zu brechen droht

Masthöhe
Der Mast des Windsurfers ist ungefähr 4m hoch

Polynesier
Als Polynesier wird eine Gruppe von Völkern der pazifischen Inselwelt bezeichnet, die polynesische Sprachen spricht und zu der unter anderem die Maori auf Neuseeland, aber auch die Urbevölkerung Hawaiis etc. gehört

Rollenbremse
Dient beim Angeln dazu, den Widerstand des Schnurauslaufs zu regulieren

Sets
Wellen laufen meist in Gruppierungen (Sets) von 3-6 größeren Wellen, nach denen meist kleinere Wellen eintreffen

Sideshore
Parallel zum Ufer verlaufender Wind

Swell
oder auch Dünung,
siehe Wikipedia:
Mit **Dünung** bezeichnet man Wellen, die bereits aus dem Windgebiet (engl. fetch) und damit ihrem Entstehungsgebiet herausgelaufen sind (vgl. Windsee) und sich somit bereits Ordnungsmechanismen gegenüber erneutem Energieeintrag (Wind) durchsetzen und zu einer Homogenisierung der Wellenstruktur (Wellenhöhe, Wellenlänge, Periode, Richtung, Gruppenbildung) beitragen. (vgl. Orbitalbewegung)
Eine Dünung (oder **Schwell**/ engl. swell) ist also eine bereits geordnete, anfänglich oft chaotische Windsee. Beim Übergang von der Windsee zur Dünung nimmt die

Wellenhöhe ab und die Wellenlänge zu. Die Gesamtheit aller Wellen aus Dünung und Windsee bezeichnet man als Seegang. Treffen sich Dünungen oder auch Windseen aus unterschiedlichen Richtungen kommt es zu einer Kreuzsee mit teils unerwartet hohen Einzelwellen (Kaventsmännern). Erreicht eine Dünung den Flachwasserbereich (etwa den Kontinentalsockel/Schelf), so bekommen die Wellenböden Kontakt zum Meeresboden, also Grundberührung und man spricht dann von Grundsee. Trifft die Grundsee dann auf Untiefen oder die flache Brandungszone an der Küste, wird der Boden der Welle stärker abgebremst als der Wellenkamm, welcher hierauf den Wellenboden überholt – die Welle bricht. Hier spricht man dann von Brandung.

Trapez
Ein Gurtsystem das Windsurfer und Kitesurfer nutzen um die Arme zu entlasten, häufig mit einem Bauchhaken ausgestattet

Herstellung und Verlag:
BoD - Books on Demand, Norderstedt
ISBN 978-3-7431-7595-2